Régis Delpeuch

Rififi au collège

À Sarlat • Chez le pharaon

L'INTÉGRALE
20 ANS
NOUVELLE VERSION

Illustrations de
Lalou

Collection dirigée par
Michel Piquemal

SEDRAP Jeunesse

Régis Delpeuch voit le jour le 5 février 1956 (par très grand froid !) à Ladornac, au fin fond du Périgord noir.

Instituteur pendant plus de vingt ans à Mérignac (en Gironde) il tombe (entre la cueillette des cèpes, la traque des truffes et l'élevage de foie gras) dans la marmite de l'édition pédagogique avant de plonger, un peu plus tard, dans le grand bain de la littérature jeunesse !

De Rififi au collège à L'Ortogafeur, en passant par Le Bêtisovore et Histoires de dragons, il a pris le parti de l'humour pour captiver ses jeunes lecteurs et les amener, l'air de rien, à réfléchir, à s'interroger sur des choses aussi sérieuses que la différence, la tolérance…

Lalou

Derrière ce pseudonyme se cache un Girondin dans l'âme, né en 1972 à Mérignac !

Fan de BD, il a été publié sous le nom de DeFali chez de nombreux éditeurs, tels que les Éditions Soleil, Delcourt, Glénat, 12 bis et Les Deux Royaumes.

Defali a également réalisé l'univers du jeu Assassin's creed, ainsi qu'une bande dessinée qui en est inspirée.

Sans oublier que l'homme aux multiples visages a collaboré avec les Éditions Sedrap, pour qui il a illustré plusieurs romans.

1re partie

Rififi au collège

Chapitre 1

COOL !

« *Pas encore viré ! Mais ça ne va pas tarder. Faites chauffer la colle !* »

« Jérémy ! Qu'est-ce que tu fais ?

– Euh… je twitte…

– Tu… touites ?

– Un genre de mail… madame…

– Un… mêle… et sur ton portable, en plus ! Tu ne sais pas que c'est interdit au collège ?

– Mais m'dame, pour twitter, ou pour un mail, il faut un…

– Suffit ! hurle madame Deschamps. Tu vas voir de quoi je me mêle ! Donne-moi ton téléphone. Prends tes affaires et va voir monsieur le principal !

– Cool ! » (Il faut que je vous le dise tout de suite : cool est mon mot préféré.) Cool, je pense, elle me vire !

Je prends mon cartable, il est 8 h 32. Je n'ai pas encore eu le temps de déballer mes affaires que je quitte, sous le regard amusé, inquiet ou désapprobateur de mes petits camarades, le cours de botanique de Marguerite Deschamps.

Si je suis inquiet ? Pas du tout ! Le principal, je le retrouve tous les matins entre 8 h 32 et 8 h 36.

Pour monsieur Jean Pairmarouth, professeur de géographie, je divague.

Pour mademoiselle Berthe Alagrosse, professeur d'allemand, je suis une fureur.

Pour monsieur Rémi Fasolré, professeur de musique, je tambourine.

Pour mademoiselle Mina Creillon, professeur de dessin, je suis une tache.

Pour monsieur Sporco, professeur d'EPS, je « grabatairise ».

Pour monsieur Walt Taillemisit, professeur d'anglais, je suis plus cloche que Big Ben.

Pour monsieur Eddy Ktée, professeur de français, « j'analphabétise », surtout « bêtise » !

Et pour madame Marguerite Deschamps, professeur de botanique, je touite !

Leurs jugements sans appel me permettent chaque matin de pénétrer dans le bureau d'Alibaba, surnom de notre principal : monsieur Jaime Lerôme qui, rassurez-vous, n'a jamais bu une goutte d'alcool de sa vie.

Tout en rondeur : tel est le physique de cet ancien professeur de physique-chimie.

Deux petites jambes aussi arquées que boulottes supportent un ventre rebondi et un torse généreusement enveloppé. Posée directement au-dessus de cet édifice : la tête, aussi grosse et lisse qu'un ballon de basket. Une tête seulement ornée de deux cheveux en haut du front et d'une touffe au-dessus de chaque oreille.

Derrière de grosses lunettes carrées, des yeux tantôt rieurs, tantôt terrifiants, encadrent un nez tomate qui lui-même surplombe une petite moustache. Vous rajoutez, entre cette moustache et la barbichette artistiquement taillée, une minuscule bouche ronde et voilà le portrait le plus fidèle que l'on puisse faire de Jaime Lerôme.

Et moi, le prétendu cancre du collège Jean-Foupalourd, moi, j'aime Jaime !

Et Jaime m'aime ! Enfin je le crois, j'en suis même tout à fait sûr. Pensez, depuis quatre mois que je le retrouve chaque matin, vers 8 h 30, on a eu le temps de faire connaissance.

J'arrive donc devant les bâtiments de l'administration ; et là, commence un slalom très spécial. Je dois, en effet, éviter les portes ouvertes ou fermées de la principale adjointe, la terrible mademoiselle Yvan, puis de l'intendant monsieur G. Encorfin et du conseiller d'éducation, monsieur Savapalfère.

9 secondes et 1 dixième ! Mieux que Usain Bolt et sans produit dopant ! C'est mon record pour atteindre la porte d'Alibaba. Je ne désespère pas

de faire mieux, mais je ne serais pas honnête si je taisais mon plus mauvais temps ; 1 h 26 min 47 s !

Ce jour-là, j'avais raté une porte, ou plutôt je l'avais prise en pleine figure ! La porte était celle de M. Savapalfère, qui ne cherchait pas sa route mais allait demander à M. G. Encorfin, le superintendant, pourquoi un camembert plus coulant que lui était arrivé dans son bureau. La porte atteignit plus vite ma figure que l'odeur du camembert et je m'évanouis.

1 h 26 min et quelques secondes plus tard, je reprenais connaissance, allongé sur une civière dans le bureau du principal. Les premières odeurs que je perçus m'indiquèrent que d'autres camemberts avaient fui la réserve de M. G. Encorfin.

Mais passons sur ce mauvais et peu glorieux souvenir et pénétrons dans la caverne d'Alibaba !

Chapitre 2

QUELLE PAGAILLE !

Il faut que je vous prévienne tout de suite, cela fait 26 ans 3 mois et 8 jours que Jaime a pris ses fonctions de principal du collège Jean-Foupalourd et personne avant moi, ni après d'ailleurs, n'a mis le moindre petit doigt de pied dans son bureau.

Il reçoit ses collègues, les parents et ses chers petits (depuis 26 ans 3 mois et 8 jours, il s'est tout approprié !) dans une petite salle mitoyenne dénuée de tout décor et meublée en tout et pour tout de trois chaises, d'une table à tréteaux et d'un ordinateur portable.

Cacherait-il, tels les quarante voleurs, un fabuleux trésor dans son bureau ? Oh, que non ! Mais surtout, ne répétez à personne ce que je vais vous dévoiler : M. Lerôme est très très très très… désordonné !

Ce n'est plus un bureau, c'est un fouillis, que dis-je ! Un fatras, un capharnaüm, un labyrinthe parmi des amoncellements d'objets hétéroclites.

Certains matins, il lui faut trois ou quatre minutes avant de retrouver son bureau, et presque autant pour son fauteuil. Il lui arrive de se perdre entre les piles de bulletins officiels, les amas d'emplois du temps, le tas gigantesque de lettres d'excuse de professeurs absents, le monticule de registres d'appel, quand il ne trébuche pas dans les fameux pots de colle.

Mais je sens que vous êtes impatients de savoir quel fait extraordinaire m'a permis de pénétrer dans l'antre directorial !

Il y a quatre mois, le jour de la rentrée, à 8 h 33, notre professeur principal, mademoiselle Mina Creillon, m'envoya chercher le cahier d'appel qu'elle avait oublié au secrétariat. Et moi qui arrivais de ma petite école de campagne, je me perdis : impossible de trouver le bureau de mademoiselle Emma Nauth.

Je vous vois déjà rire : « Il est en 6e et il ne sait même pas lire ! » J'ânonne aussi bien que vous ! Mon problème, c'est que je ne suis pas très grand. Pour être objectif, je suis même plutôt petit.

Dans les couloirs tristounets du pavillon administratif, je n'arrivais pas à voir – et donc à lire ! – les inscriptions sur les portes des différents services. Que faire ? Je ne pouvais pas regagner ma classe bredouille. J'imaginais les sarcasmes de mes camarades et le regard courroucé du professeur principal. D'autre part, je ne savais plus où était la sortie !

Un bruit de locomotive m'arracha à mes réflexions. Je me cachai dans un recoin et vis passer devant moi un drôle de bonhomme avec une drôle d'allure.

« Cool ! Surement un parent qui vient inscrire sa progéniture, pensai-je. Il va donc au secrétariat. Suivons-le. »

Et sans me faire remarquer, je pris le train qui n'avait rien du TGV. Chaque pas arrachait de la poitrine du bonhomme d'épouvantables ahanements. Il s'arrêta devant une porte semblable à toutes les autres et, dès qu'il l'ouvrit, je profitai de ma petite taille pour m'élancer entre ses jambes et pénétrer dans le secrétariat. Mais au lieu de me retrouver face à mademoiselle Emma Nauth, surgit devant moi une immense montagne de paperasse que je ne pus éviter, emporté que j'étais par mon élan.

« Que se passe-t-il ? s'étonna le bonhomme. »

Il m'était impossible de répondre, enseveli sous une tonne de papier.

« Qui a osé entrer dans mon bureau ? hurla la locomotive. »

C'est à ce moment-là que je compris que celui que j'avais pris pour un parent d'élève, était le « Big Boss », le « Patron », ou si vous préférez monsieur le principal que je n'avais pas encore eu l'occasion de rencontrer, en cette première matinée d'école.

« Que fais-tu là ? hurla-t-il de plus belle, lorsque je me fus extirpé des carnets scolaires et autres bulletins de notes. Et d'abord, qui es-tu ?

– Jérémy Delordre, 6e C, m'sieur Aliba… heu pardon, monsieur le principal.

– Qui t'a permis d'entrer dans mon bureau, chenapan ?

– Personne, m'sieur, je croyais que c'était le secrétariat.

– Tais-toi ! Sors d'ici immédiatement ! Sais-tu que personne, absolument personne n'a jamais franchi cette porte depuis des lustres !

– Mais, m'sieur…

– Dehors ! j'ai dit. »

Penaud, mais content d'échapper à toute punition (heures de colle, recopiage du règlement intérieur, tour du collège…), j'essayai de retrouver la porte du bureau. Mais Dieu, quelle pagaille !

J'errais depuis plus d'un quart d'heure dans ce labyrinthe quand soudain je me retrouvai nez à nez ou plutôt nez à dos avec le « Big Boss ».

Tel un Sioux sur le sentier de la guerre, je me faufilai entre ses grandes jambes et découvris un ordinateur tournant à plein régime. Monsieur Lerôme, lui, semblait hypnotisé par l'écran.

« Hé ! m'sieur, je peux vous aider si vous voulez, lui proposai-je sans réfléchir.

– Quoi ! Tu es encore là ?

– Oui, m'sieur, je ne trouve pas la sortie.

– Tu te moques de moi ?

– Non, m'sieur, mais je peux vous aider.

– M'aider à quoi ?

– À l'ordinateur, m'sieur. Je m'y connais. Mon père est un vrai as ! Le Mozart du clavier, le Beethoven de la conception de jeux vidéo !

– Mais je n'ai pas besoin d'aide ! rétorqua le principal.

– J'ai l'impression que si, m'sieur.

– Tu ne serais pas un peu insolent, jeune Jérémy Decôté ?

– Pas Decôté, m'sieur. Jérémy Delordre.

– Humpfff… Brlleu… Glopff…

– Ne vous étouffez pas, monsieur le principal. Je voulais juste vous rendre service.

– Écoute, petit, ne me dis pas qu'à onze ans, tu connais déjà les secrets de l'informatique !

– Pas onze ans, rectifiai-je, neuf ans, m'sieur.

– Neuf ans ! s'exclama monsieur Lerôme. Voyons, ce n'est pas une école primaire ici, mais un collège.

– J'ai deux ans d'avance, m'sieur. Remarquez, ce n'est pas un exploit ! J'ai toujours eu de l'avance. Je suis né à sept mois, et dans la salle d'accouchement la pendule avançait de deux heures. »

Là, je vis que je commençais à intéresser mon interlocuteur. Il avait éteint son écran de contrôle et semblait suspendu à mes lèvres. J'en profitai pour continuer ma courte autobiographie.

« À trois mois, j'avais déjà toutes mes dents (sauf celles de sagesse) ; à six mois, j'avais attrapé toutes les maladies infantiles possibles, et à un an je parlais comme un livre, que je lisais couramment le jour de mon troisième anniversaire.

– Ce n'est pas vrai, fit Jaime. (Ah ! Il va falloir vous y faire, à partir de maintenant j'appellerai monsieur le principal : Jaime.)

– Si, je vous assure. Mais je ne l'ai jamais fait exprès ! C'est comme pour les ordinateurs, je suis né dedans. Enfin, avec ! Mes parents sont séparés mais vivent ensemble, chacun avec son ordinateur.

– Écoute, fit Jaime, si tu me racontais simplement les choses, j'aurais peut-être une petite chance de comprendre.

– Oh ! C'est très simple ! Mes parents sont informaticiens, concepteurs de jeux vidéo dans deux maisons concurrentes. Ils passent leur temps à pianoter. Au début de leur mariage, tout allait très bien, jusqu'au jour où Papa (ou Maman) – même eux ne savent plus – se mit à pirater un programme de Maman (ou vice versa). C'est comme cela que se déclencha la première guerre informatique du 21e siècle. Et vas-y que je t'espionne, que je te pirate, que je te parasite, que je te plante, que je te force ta page Facebook, que je t'envoie des twitts vengeurs…

Alors, avant qu'il n'y ait des morts, je leur ai proposé de faire chambre à part. Et depuis quatre ans, ils n'ont plus quitté leurs chambres, ou qu'ensemble, pour manger, se laver, faire les courses, et faire ma petite sœur qui va avoir deux ans à la fin de l'année…

– Ils ne vont donc jamais à leur travail ? me demanda Jaime.

– Ils travaillent à la maison ; ils sont reliés à des serveurs dans le monde entier.

– Mais ils n'ont pas d'autres loisirs ? fit Jaime. Vous n'allez jamais vous promener à la campagne ? Vous ne partez jamais en weekend à la mer ?

– Impossible : un jour sans pianoter et ils sont en manque ; de vrais drogués, je vous dis ! Ce ne sont plus des yeux qu'ils ont mais des phares ! »

Jaime était perplexe. Il se demandait la part d'invention et d'imagination dans mon récit ; pourtant il connaissait le ravage du dieu Ordinateur en ce début du 21e siècle.

N'avait-il pas, comme il me le dit plus tard, deux de ses professeurs qui avaient récemment divorcé, non qu'ils soient des coureurs de jupons, mais bien des malades du clavier ?

Le premier, Jacques Uze, était un grand échalas dont les attitudes n'étaient pas sans rappeler celles des grands échassiers, figés sur une patte, en train de piquer leur roupillon.

Il faut dire que Jacques Uze passait ses nuits devant l'écran de son ordinateur et rechargeait ses batteries la journée, pendant ses cours de dessin.

Il mettait ses élèves devant des natures mortes (toutes plus mortes les unes que les autres !) et pendant qu'ils s'escrimaient avec leurs fusains, lui se plantait derrière l'un d'entre eux, croisait les bras, et dans les cinq secondes qui suivaient, s'endormait. Parfois, à son réveil, la 5e C avait remplacé la 6e D !

Aussitôt chez lui, il replongeait dans son ordinateur, plus exactement dans un monde virtuel ou plus de deux mille joueurs, aux quatre coins de la planète, n'attendaient que lui. Impossible pour lui de décoller des jeux en réseau.

Malheureusement, c'est sa femme qui décolla ! Elle prit ses cliques, ses claques et ses trois enfants et retourna en Lozère, chez sa mère qui, ô bonheur ! n'avait même pas la télévision.

Jacques Uze, lui, mit quinze jours avant de s'apercevoir de la désertion.

Le deuxième professeur, M. Bonheur, était aussi bedonnant que petit. Ses élèves l'avaient surnommé affectueusement Petit Bonheur. Mais, c'est son profil que sa femme ne supporta pas : son profil Facebook s'entend. Les milliers d'amis, pour la plupart très virtuels, de son mari ne faisaient plus son bonheur. Alors, elle alla en chercher un autre ailleurs.

Avec les quelques précisions supplémentaires que je lui apportai, Jaime fut tout à fait convaincu de la véracité de mes propos.

« Alors, dis-moi petit, dit-il malicieusement, puisque tu es si fort que ça en informatique, tu vas pouvoir m'aider !

– Oh ! cool, m'sieur ! »

Voilà pourquoi, depuis quatre mois, je m'arrange toujours pour me faire exclure du premier cours de la matinée !

Chapitre 3

UN PROGRAMME INDISCRET

Et ce matin, je suis d'autant plus content que Mme Deschamps me mette à la porte que nous touchons au but. Après quatre mois d'efforts, de recherches, de tâtonnements, Jaime et moi avons mis au point le programme sur lequel il piétinait depuis plus de vingt ans.

Ce programme, baptisé AQPT.1, va permettre à Jaime, le très respectable principal du collège Jean-Foupalourd, de mieux connaitre ses professeurs.

AQPT.1 signifie: À Quoi Penses-Tu? Ce programme commande, dans chaque classe, trois caméras dissimulées dans le plafond; caméras qui non seulement filment ce qui se passe dans la salle, mais de plus espionnent le cerveau et révèlent les pensées de ceux qui se trouvent dans leur champ.

Surtout, que cela ne sorte pas des pages de ce livre! Ne le dites à personne! Ni à vos parents, ni à vos copains, ni à votre petit(e) ami(e). Derrière chacun d'eux peut se cacher un agent secret de la DCRI ou de la CIA. Tous seraient trop contents de nous hacker ce fabuleux programme.

Si vous pensez ne pas pouvoir garder ce terrible secret, alors, fermez immédiatement ce livre et oubliez ce que vous venez de lire.

Bien, vous êtes encore avec moi ? Alors, c'est que je peux vous faire confiance !

Je quitte donc Marguerite Deschamps et arrive sans encombre dans le bureau de Jaime. Il est déjà là, très excité, devant son écran de contrôle.

« Vous avez eu mon twitt, m'sieur ?

– Oui, Jérémy. La sanction est vite tombée !

– Sûr ! Vous n'oublierez pas de récupérer mon Smartphone ?

– Comme d'habitude ! Mais dépêche-toi, Moustique ! Aujourd'hui, c'est fête ! Toutes les caméras sont prêtes.

– Vous êtes sûr, m'sieur, de vouloir connaitre les pensées de vos collègues ?

– Oh que oui, Moustique ! Vingt-six ans que j'attends cela.

– J'ai peur, m'sieur, que vous ne soyez déçu.

– Et pourquoi cela, Moustique ?

– J'sais pas, m'sieur. Un pressentiment.

– Assez parlé, me dit Jaime. Attrape la clé.

– D'accord. Mais par qui va-t-on commencer ?

– Très bonne question, Moustique. Que dirais-tu de monsieur Ktée ? propose Jaime.

– Pourquoi pas. »

Je soulève les pots de colle, les déplace et récupère la clé USB. Un petit bijou qui peut stocker 128 Go, soit un peu plus que les 100 Go d'AQPT.1. C'est moi qui ai convaincu Jaime d'héberger notre programme sur une clé et non sur le disque dur de notre ordinateur ou sur un serveur, trop facilement piratables.

Bien que personne n'entre jamais dans son bureau et qu'il y ait une telle pagaille qu'une poule n'y retrouverait pas ses poussins, Jaime préfère cacher la clé magique.

La première fois, nous avons mis deux heures pour la retrouver. Aussi a-t-on décidé de la cacher sous les pots de colle. Je slalomme entre trois piles de rapports de conseils de classe et rejoins le dieu Ordinateur devant lequel Jaime est confortablement installé.

J'insère la clé USB. Après quelques gargouillis et rots sophistiqués, un des écrans de contrôle s'allume.

Nous voici au premier étage, salle 21, où officie, face aux 3e C, Eddy Ktée, le très tatillon professeur de français.

Chapitre 4

HISTOIRE D'APOSTROPHES

Bien que je ne puisse et surtout ne veuille vous révéler les secrets du programme AQPT.1, il faut que je vous décrive en quelques mots le dispositif devant lequel Jaime et moi sommes installés. Il est très simple :

– trois écrans plats HD qui reçoivent les images des trois caméras cachées dans chaque classe ;

– une imprimante laser qui couche sur le papier les pensées des gens se trouvant dans le champ d'une des trois caméras.

Pour l'instant, monsieur Eddy Ktée dicte le sujet de la rédaction du brevet blanc.

« Bon, il va s'asseoir à la fin ! s'impatiente Jaime.

– Mais, m'sieur, s'il ne pense à rien ?

– Tu apprendras, Moustique (Jaime m'a affublé de ce sobriquet qui ne me déplait pas : j'aime bien l'aiguillonner, le titiller, le piquer), tu apprendras qu'un enseignant pense toujours, où qu'il soit et quoi qu'il fasse. »

Il n'a pas fini de prononcer ces mots qu'effectivement l'imprimante laser ronronne. Un coup d'œil sur les écrans télé : la caméra 3 est en gros plan sur Eddy Ktée qui s'est accoudé à la fenêtre, au fond de la classe. Aucun doute, ce sont bien ses pensées que rapporte l'imprimante :

OUF ! LES VOILÀ TRANQUILLES POUR DEUX HEURES. MÊME FRÉDO A L'AIR DE VOULOIR TRAVAILLER. MAIS QUEL BOULOT CELA VA ME FAIRE : TRENTE COPIES À CORRIGER, ÇA FAIT AU MOINS SIX CENTS FAUTES ! SANS PARLER DU STYLE.
ET ALIBABA VA NOUS RÉUNIR TROIS SOIRS POUR ANALYSER LES RÉSULTATS…

« Euh, m'sieur, si vous voulez, je peux retourner en cours de sciences ?

– Non, Moustique, répond Jaime en souriant, tu ne me gênes pas, rassure-toi. Cela fait vingt ans que les élèves m'ont surnommé Alibaba, et je me doutais bien que les professeurs aussi. »

… HEUREUSEMENT, BIENTÔT LES VACANCES. HUIT JOURS À LA NEIGE. D'ACCORD, JE NE SKIE PAS, MAIS JE M'AÈRE.
ET PUIS HUIT JOURS SANS COPIES À CORRIGER, SANS CHAHUT, SANS LA MÈRE YVAN SUR LE DOS – ELLE PORTE BIEN SON NOM CELLE-LÀ – ELLE TERRORISE AUTANT LES PROFESSEURS QUE LES ÉLÈVES. JE ME DEMANDE COMMENT ALIBABA PEUT LA SUPPORTER…

« Moi aussi, soupire Jaime. »

… OUI, VIVEMENT LES VACANCES ! ON LES MÉRITE BIEN !

L'imprimante s'arrête. Le professeur vient de quitter la fenêtre et passe d'élève en élève pour leur prodiguer quelques conseils.

« Moustique, tu es un champion. Ce programme est fantastique, il fonctionne à la perfection. Allons voir mademoiselle Alagrosse. »

Il faut absolument que je vous présente Berthe Alagrosse : c'est l'imposante professeur d'allemand du collège. Imposante, elle l'est par la taille, par la voix et par son autorité.

Il est très facile de repérer la salle de classe de Berthe Alagrosse : un silence de catacombes traversé de longs cris gutturaux.

Même Joseph, dit Jojo la Fronde ou Jojo la Pagaille, tellement il est expert dans l'art du lancer de chiques ou de la chute de règles en aluminium, même lui est terrifié, paralysé, anéanti plus d'un cours à l'avance, à l'idée d'affronter Berthe Alagrosse. Son slogan rituel « Au travail, bande de cossards ! » qu'elle nous assène au début de chaque cours, lui assure le calme jusqu'à la fin de l'heure.

Vous comprenez pourquoi je suis assez réticent à l'idée d'aller espionner les pensées de Dame Berthe.

« Alors, Moustique, on y va ? insiste Jaime.

– J'sais pas, m'sieur. Vous croyez…

– Ne me dis pas que même ici tu as peur d'elle ?

– Euh… ja !… si… un peu

– Allons, allons, ricane Jaime, elle n'a jamais mangé personne. Voyons voir ce qu'elle pense ! »

Pas un bruit, il n'y a pas un bruit. Sur l'écran devant nous, les vingt-six élèves de la 4e A essaient de traduire les paroles d'une comptine bavaroise. La caméra 2, placée au fond de la salle, montre vingt-six dos penchés sur leur table, pas une tête ne dépasse. Seuls deux ou trois téméraires osent se gratter la nuque.

Au premier rang, face au bureau, Jojo la Pagaille se fait encore plus petit que ses camarades : sa réputation lui valant l'attention toute particulière de mademoiselle Alagrosse.

« Où est-elle ? » me demande Jaime.

En effet, aucune des trois caméras que Jaime manipule depuis un second ordinateur, n'arrive à la cadrer.

« Dans le couloir ou aux toilettes, m'sieur. Elle boit beaucoup… d'eau. C'est pour son régime, d'après ce que j'ai entendu dire. »

Soudain les vingt-six têtes se penchent un peu plus. La voilà ! Les mains derrière le dos, le buste droit, la tête périscopique, elle promène son mètre quatre-vingts et ses cent kilos d'une allure impériale.

Mais à quoi peut-elle bien penser ?

AAAH ! J'AI PAS PERDU UN GRAMME EN TROIS MOIS ! POURTANT J'AVALE CINQ LITRES D'EAU PAR JOUR ET JE NE MANGE PLUS QUE DES PROTÉINES…

« Tu avais raison, me dit Jaime. Régime… régime ! »

… C'EST LA FAUTE DE TOUS CES COSSARDS, CES ÂNES BÂTÉS. ILS NE COMPRENNENT RIEN. JE SUIS SURE QU'ILS LE FONT EXPRÈS. ÇA M'ÉNERVE, ME PORTE SUR LE SYSTÈME ET JE GROSSIS ! DIRE QU'À VINGT ANS, J'ÉTAIS SVELTE, SOURIANTE ET ENTHOUSIASTE ! C'EST DE LEUR FAUTE À CES COSSARDS.

Elle va s'asseoir à son bureau.

JAMAIS, JAMAIS IL NE ME REMARQUERA SI JE NE RETROUVE PAS LA LIGNE DE MES VINGT ANS. JAMAIS ! ET POURTANT JE L'AIME ! DIEU QUE J'AIME JAIME…

Jaime coupe le circuit, saute sur l'imprimante, en retire les feuilles et relit.

« Cette imprimante est en train de beuguer ! s'écrie-t-il.

– Ah bon ! Et pourquoi ? demandé-je, hilare.

– Elle oublie les apostrophes.

– Quelles apostrophes ?

– Là, regarde. Il y a écrit *J'AIME JAIME* au lieu de *J'AIME J'AIME.*

– Pas sûr, m'sieur ! Peut-être que c'est vous qu'elle aime », dis-je en me retenant pour ne pas éclater de rire.

Perplexe, troublé, Jaime reprend sa place devant les écrans de contrôle. Dans la classe d'allemand règne toujours un profond silence. Les élèves de la 4e A, en un cortège funèbre, apportent leur copie à mademoiselle Berthe Alagrosse, puis rejoignent leur place et se plongent dans leur cahier de grammaire.

REGARDEZ-MOI CES COSSARDS ! ILS N'ONT PAS FAIT LA MOITIÉ DE CE QUE JE LEUR AI DEMANDÉ. JE VAIS ENCORE GROSSIR ! POURTANT, QUE JE L'AIME JAIME ! JAIME JE T'AIME ! QUE JE VOUDRAIS ÊTRE TA SECRÉTAIRE. TOUTE LA JOURNÉE AVEC TOI. LÀ, TU ME REMARQUERAIS. AH ! OUI, ÊTRE À LA PLACE DE MADEMOISELLE EMMA NAUTH !

« Pas de doute, m'sieur, elle vous kiffe.

– Tais-toi, tu ne comprends rien à ces choses-là. Je t'ai assez vu pour aujourd'hui, rejoins ta classe ! D'ailleurs, il est 9 h 30. »

Certes, nous avons pris l'habitude de nous quitter tous les matins à 9 h 30, moi retournant à mes chères études et Jaime, à son travail administratif. Mais ce matin, il me semble bien, à son timbre de voix, qu'il n'est pas insensible aux pensées de mademoiselle Berthe Alagrosse et que, pour la première fois depuis quatre mois, il n'est pas mécontent de me voir partir.

Chapitre 5

LEÇON DE GÉOGRAPHIE

Le lundi matin, après le cours de madame Deschamps, j'ai une heure de dessin avec la gentille Mina Creillon, puis une heure d'étude – de perm' comme on dit – que j'utilise d'habitude à peaufiner nos recherches informatiques de la première heure.

Mais, aujourd'hui, je n'ai pas grand-chose à faire vu que notre programme AQPT.1 fonctionne au petit poil. Aussi, je décide d'enfreindre notre contrat et de rejoindre Jaime, quitte à le déranger dans ses fonctions de principal.

Il va peut-être me renvoyer, mais j'ai trop envie de connaitre les pensées des autres professeurs, et surtout ce que lui, Jaime, pense de notre imposante professeur d'allemand.

À la fin de l'interclasse de 10 h 20, je ne rejoins pas la salle de permanence, mais me dirige vers les bâtiments administratifs.

Horreur! mademoiselle Yvan, dite la Terrible, principale adjointe, en piqué, droit sur moi. J'ai intérêt à me trouver une excuse en béton.

« Bonjour, madame, balbutié-je.

– Nom ? Prénom ? Classe ? Que faites-vous dans ce couloir ?

– Delordre Jérémy, 6e C. Je, je…

– Suffit ! Vous n'avez rien à faire ici. Vous devez être en cours ou en étude à cette heure-ci.

– Justement, madame…

– Taisez-vous ! C'est un ordre ! Suivez-moi à mon bureau. Vous serez collé mercredi prochain. »

Épouvanté, je la suis, ne quittant pas des yeux les terribles bagues qui ornent son annulaire et son auriculaire. Tant qu'elles restent à ses doigts, je ne recevrai pas la terrible paire de gifles dont m'a parlé Jojo la Pagaille.

En arrivant dans le couloir, nous rencontrons l'intendant, monsieur G. Encorfin :

« Je venais vous voir, madame Yvan. Puis-je entrer ? Ce ne sera pas long. Un petit problème de discipline à la cantine.

– Entrez. Toi, dit-elle en se retournant vers moi, tu m'attends là-bas au fond du couloir. Tu ne bouges surtout pas.

– Oui, madame. »

Me voilà seul, dans ce couloir triste, attendant une punition que je trouve injuste et imméritée. « Ah !… si Jaime pouvait passer, je serais sauvé. »

Je ne suis ni rancunier ni méchant, mais à ce moment-là, si l'ordinateur avait pu lire mes pensées, il aurait mieux valu que les feuillets de l'imprimante ne tombent pas entre les mains de la principale adjointe.

Une porte s'ouvre, me tirant de mes sombres pensées. Cool ! c'est celle de l'annexe du bureau de Jaime. Je me lève, m'approche et m'aplatis contre le mur pour éviter de l'être, aplati, par la masse tourbillonnante qui quitte le bureau de Jaime.

Deux secondes, le temps de recouvrer mes esprits, et je n'ai aucun mal à reconnaitre la silhouette de Dame Berthe. Deux secondes de plus et je me précipite dans le bureau.

« Moustique, que fais-tu là ? Tu sais bien que nous ne nous voyons que de 8 h 30 à 9 h 30.

– m'sieur… j'ai la Terrible aux trousses.

– La mère Yvan ? Que te veut-elle donc ?

– Me coller.

– Pour quelle raison ?

– Elle m'a intercepté dans le couloir. m'sieur, j'avais tellement envie de…

– Je sais, m'interrompt Jaime. Moi non plus, je n'ai pas pu résister. Attends, je vais te montrer les pensées de ce brave M. Sporco.

– Mais mademoiselle Yvan, elle…

– Ne t'en fais pas, je vais arranger ça de ce pas. Pendant ce temps, installe-toi. Les pensées de M. Scorpo sont encore toutes chaudes sur l'imprimante. »

QUE J'AI ÉTÉ MAUVAIS, HIER, SUR LE DEUXIÈME BUT ! JE DOIS L'ARRÊTER. ET SI JE L'ARRÊTE, ON GAGNE ; ET SI ON GAGNE, ON EST PEUT-ÊTRE CHAMPIONS. AH ! SÛR QUE J'AI ÉTÉ MAUVAIS ! IL VA FALLOIR QUE JE M'ENTRAINE TROIS FOIS PLUS, SINON JE VAIS PERDRE MA PLACE. LE PROCHAIN MATCH EST À L'EXTÉRIEUR, ET SPORCO IL VA FALLOIR QUE TU SOIS BON À L'EXTÉRIEUR. EN ATTENDANT, TANT PIS POUR EUX, ILS VONT ME FAIRE CINQ TOURS DE TERRAIN EN PLUS.

Je comprends maintenant pourquoi mes camarades de 6e D se plaignent souvent de crampes le lundi midi, en faisant la queue au réfectoire.

« Ça y est, Moustique, j'ai dompté Mlle Yvan !

– Oh merci, m'sieur !

– Mais évite de retomber sur elle. Je ne pourrai pas te sauver une seconde fois.

– Promis, m'sieur, je ferai mon possible.

– Dis-moi, Moustique, puisque tu es là, que dirais-tu de quelques pensées adolescentes !

– Adolescentes ?

– Eh oui, j'ai bien envie de savoir ce que pense, tiens, par exemple, Joseph Lambare de 4e A.

– Jojo la Pagaille ! m'sieur, vous n'allez pas être déçu ! J'ai même peur que vous soyez choqué.

– Ne t'inquiète pas ! Tu sais bien que tout cela reste entre nous.

– Oui, m'sieur… comme la visite de Mlle Alagrosse !

– Exactement ! me répond sèchement Jaime. Voyons voir où se trouve la 4e A.

– Histoire-géographie, avec M. Jean Pairmarouth », dis-je tout en récupérant la clé USB sous les pots de colle.

Les pots de colle, rien que de les déplacer, des frissons me parcourent le dos. Dire que sans Jaime, j'allais y gouter !

Ah ! je vous sens perplexes ? Il faut vous dire que dans le collège Jean-Foupalourd, Mlle Yvan a pris les élèves au mot : les heures de retenue sont vraiment des heures de colle.

Les élèves collés passent leur mercredi après-midi, de 14 heures à 16 heures, à recoller tout ce qui est cassé dans le collège ou à effacer tous les graffitis des taggueurs de la semaine.

Pour cela, elle a demandé à monsieur G. Encorfin d'acheter deux colles différentes : une transparente pour les collages et une autre blanche, mi-colle, mi-peinture pour recouvrir les graffitis.

Mais elle n'a pas fait acheter de pinceaux ; si bien que les collés, à la fin de leur deux heures de retenue, sont passablement encollés.

Tout cela se passe sous la direction de monsieur Savapalfère, le conseiller d'éducation.

« Alors, Moustique, Elle vient cette clé ?

– Oui, m'sieur », dis-je en reposant le pot de colle transparente.

Les trois écrans de contrôle sont allumés. Sur le premier, M. Jean Pairmarouth, debout près du planisphère muet, indique à l'aide d'une règle l'emplacement de la capitale de l'Autriche : Vienne.

Sur le deuxième écran, vingt-cinq élèves font leur possible pour ne pas hurler de rire tandis que sur le troisième, Joseph Lambare, dit Jojo la Pagaille, face au planisphère, essaie d'identifier ladite capitale européenne.

« Pressons, pressons, monsieur Lambare, j'attends votre réponse, s'impatiente le professeur.

– Euh… je crois que… euh… peut-être… »

JE NE CROIS RIEN DU TOUT. JE NE SAIS MÊME PAS QUEL PAYS C'EST. JE N'AI PAS OUVERT MON LIVRE DE GÉO DEPUIS LA RENTRÉE.

« Voyons, monsieur Lambare, vous faites moins l'intéressant qu'au début du cours quand votre chique a atterri sur le planisphère, à cet endroit-là !

– Je vais trouver, m'sieur… euh… »

C'EST PAS LE PLANISPHÈRE QUE JE VISAIS ! C'EST TA TÊTE. ET VU LA PISTE D'ATTERRISSAGE QUE TU AS JE COMPRENDS PAS QUE JE T'AIE RATÉ ! FAUT PLUS QUE JE PASSE TOUTE LA NUIT SCOTCHÉ À FACEBOOK, MOI !

« Écoutez, monsieur Lambare, je veux bien vous aider. C'est aussi la capitale de la valse. »

LA VALSE ? ÇA VA VALSER ET JE VAIS ÊTRE COLLÉ. ÇA, JE LE VOIS VENIR. ÇA VA FAIRE LA QUINZIÈME FOIS DEPUIS LE DÉBUT DE L'ANNÉE ! À CE RYTHME-LÀ, JE VAIS BATTRE MON RECORD DE L'AN PASSÉ : VINGT-SEPT FOIS.

« Voyons qu'attendez-vous monsieur Lambare ? s'énerve le professeur.

– Que ça vienne m'sieur… que ça vienne…

– Vienne, exact ! Il vous en a fallu du temps. À votre place. »

AH ! QUEL POT, JE DIS « VIENNE » ET C'EST VIENNE ! QUEL NAÏF CE PROF ! IL A CRU QUE J'AVAIS TROUVÉ. HA, HA, HA ! TIENS, ÇA SONNE ! J'AI SVT, MAINTENANT. PARFAIT ! À NOUS DEUX, MARGUERITE DESCHAMPS. AVEC MOI, TU VAS FINIR PAR TE FANER, DÉJÀ QUE…

Chapitre 6

CRUELLE DISPARITION

Il faut se rendre à l'évidence : les pots de colle ont disparu ! Cela fait une heure que Jaime et moi les cherchons. Nous avons tout déplacé, tout soulevé (compte-rendus de conseils de classe, notes de l'inspection d'académie, du rectorat, demandes d'absence, mots d'excuse, factures, trognons de pommes, toiles d'araignées…) impossible de les retrouver.

S'il ne manquait que les pots de colle, cela n'aurait aucune importance, peut-être même cela nous débarrasserait de la terrible Mlle Yvan : une crise de folie est si vite arrivée !

Mais voilà, la clé USB a, elle aussi, disparu et le programme AQPT.1 avec ! Cela Jaime ne peut pas le supporter. Deux semaines aujourd'hui qu'il explore les pensées de ses collègues, surtout celles de Berthe Alagrosse, et de quelques élèves (d'ailleurs, en cours, j'essaie de ne penser à rien !).

« Moustique, c'est une catastrophe, pleurniche-t-il.

– Mais non, m'sieur, au contraire ! Plus de pots de colle, plus de colles.

– Je m'en fiche des colles, des pots de colle de la mère Yvan. Tiens, je voudrais même qu'elle y tombe dedans la tête la première. Mais notre fabuleux programme…

– Continuons nos recherches, m'sieur. Peut-être sont-ils sous les bulletins officiels ou…

– Non, Moustique, on a tout retourné. C'est un vol.

– Un vol ?

– Un vol, insiste Jaime.

– On a volé la clé USB ?

– Non, me précise Jaime. J'ai le pressentiment que ce sont les pots de colle que l'on a volés.

– Mais alors, la clé…

– Je l'ai déjà trouvée collée sous le pot, deux ou trois fois. À mon avis, les voleurs l'ont emportée sans s'en rendre compte. »

Je n'y crois pas trop. Qui aurait osé pénétrer dans le bureau de Jaime ? Et une fois dans le bureau, il faut avoir une sacrée chance ! Et puis, quel intérêt de voler des pots de colle ?

« Bon sang, mais c'est bien sûr ! s'écrie Jaime, c'est un élève !

– Un élève, pourquoi un élève ?

– Réfléchis, Moustique. Tu viens toi-même de me le dire : plus de pots, plus de colles, plus d'enfants collés ou préencollés le mercredi. Et Mlle Yvan en dépression ! »

Vu sous cet angle, Jaime a peut-être raison. Mais que faire ? Il ne compte tout de même pas sur moi pour chercher le coupable, pour trahir un de mes camarades ?

« Si !

– Si quoi, m'sieur ?

– Si, tu vas rechercher le voleur. »

(Voilà qu'il lit maintenant dans mes pensées, sans l'aide du programme AQPT.1. Va falloir que je me méfie !)

« J'peux pas, m'sieur. J'ai une conscience, moi. Une conscience de classe même. Je ne suis ni un indic, ni un traitre.

– Calme-toi, calme-toi, Moustique ! Il est hors de question que tu trahisses tes camarades. Je ne veux même pas savoir le nom du voleur. La seule chose qui m'intéresse, c'est de récupérer la clé USB. »

Me transformer en Sherlock Holmes est très tentant. Mais je dois m'assurer d'un dernier détail.

« D'accord, je veux bien mener l'enquête, mais à une condition : si je retrouve les pots de colle, ils ne serviront plus !

– Mais, mais, balbutie Jaime. Mlle Yvan…

– C'est à prendre ou à laisser, m'sieur.

– Soit, je me débrouillerai avec cette vieille grincheuse. Tu as ma parole, Moustique ! Allez fonce ! »

Il serait presque beau Jaime, se découvrant le courage d'affronter celle qui depuis vingt ans terrorise tout le collège, lui le premier. En tout cas, il est touchant.

Aussi, je me lance sans plus attendre sur les traces des pots de colle.

Chapitre 7

UNE FILATURE MOUVEMENTÉE

LUNDI, 9 h 30 :
Je quitte le bureau de Jaime chargé d'une mission importante : retrouver les pots de colle et surtout la clé USB.

LUNDI, 9 h 32 :
Mon enquête débute mal : je croise M. Savapalfère. Je ne suis pas superstitieux, mais c'est un mauvais présage ! Savapalfère… ça va pas le faire… mission impossible !

LUNDI, 10 h 34 :
Pendant la récréation, je recopie la liste des enfants « collés » pour mercredi prochain. Que des habitués :
– Joseph Lambare, 4e A, dit Jojo la Pagaille.
– Frédéric Hochet, 4e C, dit Frédo le Costaud.
– Gérard Mansu, 3e E, dit Gérard le Bavard.

LUNDI, 12 h 55 :
Ouf ! je suis passé. J'ai cru que G. Encorfin ne me croirait pas. Mon bandage à la main gauche est imposant, bien que pas très orthodoxe. Enfin, mon plan a fonctionné à merveille. Foulure du poignet, infirmerie, d'où obligation de manger au second service avec les 4e et les 3e. Pourvu que M. G. Encorfin ne demande pas de mes nouvelles à la douce Mme Sarah Sure, l'infirmière.

LUNDI, 13 h 10 :
Quel fin stratège je fais ! J'ai trouvé la place idéale. À ma table, juste en face de moi, Jojo la Pagaille. Derrière, Fredo le Costaud, et à la table à côté, Gérard le Bavard. Génial ! je vais pouvoir tout voir, tout entendre.

LUNDI, 13 h 36 :
Idéale la place, sauf quand Jojo la Pagaille a lancé son premier yaourt, droit devant lui, c'est-à-dire droit sur moi.

LUNDI, 13 h 39 :
Idéale la place, sauf quand Frédo le Costaud s'est baissé pour éviter une assiette. C'est moi qui me suis retrouvé le nez au milieu de la purée.

LUNDI, 13 h 42 :
Idéale la place, sauf quand Gérard le Bavard s'est mis à parler à mon voisin. Mes tympans se sont décollés.

LUNDI, 13 h 50 :
Les seuls indices que j'ai recueillis sont : un yaourt dans mon œil droit, mon nez en purée et un affreux bourdonnement dans mon oreille gauche. Autant dire que mon enquête piétine !

LUNDI, 17 h 01 :
Foi de Moustique ! Je ne vais pas les lâcher comme ça !

LUNDI, 17 h 02 :
Les trois lascars sortent ensemble du collège et prennent le chemin de la décharge publique. Sûr que je suis sur la bonne piste !

LUNDI, 17 h 10 :
Blotti dans un vieux tonneau, je les observe. Ils parcourent la décharge dans tous les sens. Ils ne doivent plus se rappeler l'endroit où ils ont caché les pots de colle.

LUNDI, 17 h 12 :
Bizarre, ils ramassent toutes les bouteilles en verre qui leur tombent sous la main. Surement pour transvaser la colle !

LUNDI, 17 h 20 :
Ils sont partis, leurs sacs, poches et mains encombrés de bouteilles. Ils sont partis et moi, je suis coincé dans ce fichu tonneau.

LUNDI, 17 h 25 :
Si j'avais laissé mes bras au-dessus de ma tête, je serais sorti sans problème.
J'ai bien senti, en me tortillant dans tous les sens, que le tonneau n'était pas très stable. Et maintenant, le voilà qui dévale la pente de la décharge, s'engage dans la rue piétonne et moi avec. Si mes souvenirs sont bons, notre course devrait s'arrêter contre l'épicerie de M. Sasseratout.

LUNDI, 17 h 25 min 30 s :
Excellente mémoire, mais gros mal de tête ! Le tonneau vient de se fracasser contre le mur de l'épicerie.

LUNDI, 17 h 27 :
J'ouvre tant bien que mal la porte de l'épicerie. J'ai juste le temps d'entendre M. Sasseratout dire aux trois lascars : « Merci les enfants. Voici encore 10 € qui iront à la recherche contre le cancer grâce aux cinquante bouteilles consignées que vous m'avez rapportées », que je tombe dans les pommes (les fruits et les autres).

LUNDI, 17 h 50 :
Quatre visages tournent autour de moi : Jojo, Fredo, Gérard et l'épicier. Ils devraient arrêter de tourner, ils vont avoir mal à la tête.

LUNDI, 17 h 52 :
Je recouvre enfin mes esprits. Les trois loustics se proposent pour me ramener chez moi, ce que j'accepte volontiers.

LUNDI, 17 h 53 :
« Au revoir M. Sasseratout, disent-ils d'une seule voix. Mercredi, nous ne pourrons pas venir car nous sommes collés. »

LUNDI, 18 h 30 :
Voilà trente minutes que Jojo, Fredo et Gérard m'ont laissé devant chez moi. Plus je me remémore ma filature, moins je comprends. Ou plutôt si ! Ces trois durs sont des tendres. Tous les jours ils donnent de leur temps pour aider les autres, pour faire reculer le crabe.

LUNDI, 19 h 00 :
Une demi-heure que je me repasse le film et pour moi, ils sont innocents. Ils ont dit à l'épicier qu'ils étaient « collés » mercredi. Donc, ils ne sont pas au courant de la disparition des pots de colle. C'est évident, mon cher Watson !

Chapitre 8

UNE JEUNE FEMME TRÈS ÉLÉGANTE

J'ai passé une mauvaise nuit. Trois fois je me suis réveillé alors que le tonneau allait dévaler les chutes du Niagara. J'étais plus trempé que lorsque je sors de la douche. Sans compter que mon dos, mes bras et mes jambes gardent un souvenir pénible de leur rencontre avec le mur de l'épicerie.

Aussi, lorsque le réveil a sonné, j'ai eu un mal fou à en arrêter la sonnerie, d'autant plus que c'était le téléphone.

« Allô ! Monsieur Delordre ?

– Non, son fils.

– C'est toi, Moustique ? Alors, les pots de colle ?

– Mais qui… qui êtes-vous ? Vous faites une erreur.

– Moustique, réveille-toi ! C'est moi, M. Lerôme, Jaime Lerôme.

– Quelle heure est-il ? Je suis en retard ?

– Non, non Moustique, calme-toi. Il est 7 h 30. Je voulais juste savoir si tu as retrouvé la clé USB ? »

À moitié réveillé, je lui relate ma filature d'hier, en évitant toutefois l'épisode peu glorieux du tonneau, et je lui délivre ma conclusion : Gérard, Jojo et Fredo acquittés.

« Ce n'est pas grave, me dit-il. Je connais le coupable.

– Et qui, m'sieur ?

– Je suis persuadé qu'il s'agit de Julien Laporte.

– Mais il n'est resté que trois jours au collège, objecté-je.

– Justement, Moustique ! Trois jours pendant lesquels il a cassé cinq carreaux, poussé deux élèves dans l'aquarium géant, insulté trois professeurs et brulé son carnet de correspondance dans le bus de ramassage. Résultat : Julien Laporte, à la porte !

– Alors, pourquoi voulez-vous qu'il ait volé les pots de colle ?

– Pour se venger, Moustique. Il a quitté la salle du conseil de discipline en jurant de devenir le Robin des bois du collège. En prenant les pots, il devient un héros et le pourfendeur de Mlle Yvan. »

Je dois admettre que c'est une piste sérieuse, piste que Jaime me demande d'explorer à fond. Il me donne même l'autorisation de faire l'école buissonnière.

« Mais que va dire Mlle Yvan, mercredi matin, si je n'ai pas de mot d'excuse ?

– Ne t'occupe pas de ça, me rassure Jaime. Mlle Yvan n'a plus rien de terrible !

– Ah bon ! Et que lui est-il arrivé ?

– Je te raconterai plus tard. Commence ton enquête tout de suite et viens me voir dès que tu as retrouvé la clé. »

Je l'aime bien, Jaime, mais il a juste oublié de me donner l'adresse de Julien Laporte.

En surfant sur les pages blanches, je dois pouvoir la trouver. Je me lave, finis de m'habiller et me précipite dans la chambre paternelle. Papa travaille, endormi sur son lit. Si, si, vous avez bien lu : travaille endormi ! Une dizaine d'électrodes fixées à son crâne sont reliées à un ordinateur et à l'imprimante qui, de temps en temps, se met en marche. S'impriment alors ses rêves ou plus exactement son rêve puisque Papa rêve uniquement d'informatique, et plus précisément de programmation informatique.

Sans bruit, je m'approche d'un des ordinateurs et pianote : Laporte, Sarlat, 24. Des Laporte, à Sarlat, il y en a 24 ! Sans compter que je ne suis même pas sûr que Julien Laporte habite à Sarlat.

Découragé, je quitte la chambre quand l'imprimante se met en route, réveille mon père qui me voit et s'écrie :

« Toi aussi, mon fils ?

– Moi aussi, quoi ?

– Toi aussi tu m'espionnes ! hurle mon père.

– Pas du tout. Je cherche l'adresse de Julien Laporte. »

À peine rassuré, mon père débranche ses électrodes, consulte son rêve, réfléchit un moment et me demande :

« Julien qui ?

– Julien Laporte.

– Je le connais, ton Julien Laporte. Son père travaillait avec moi, chez Gougole. Un sacré garnement ! À sept ans, il avait déjà été renvoyé de quatre écoles élémentaires, sans oublier cinq maternelles.

– C'est lui, Papa ! Oh merci ! Tu sais où il habite ?

– À La Canéda, au 102 ou 104, avenue de la Gare. Mais tu as de drôles de fréquentations, s'inquiète Papa.

– Non, rassure-toi. Il vend des vieux jeux vidéo et comme je… »

Je n'ai pas fini de me justifier que Papa est replongé dans son ordinateur. Je ferme délicatement la porte, passe dans la chambre maternelle où Maman s'aperçoit à peine du baiser que je lui dépose sur la joue, et je file à toute vitesse direction La Canéda.

D'accord, je suis petit, mais à vélo la vitesse ne dépend pas de la taille des jambes, et c'est « en danseuse » que je passe devant la gare de Sarlat-la-Canéda.

À partir de là, je ne peux pas me tromper, il n'y a qu'une avenue : celle de la gare, forcément ! Même à Sarlat, pays des truffes, du foie gras et de La Boétie, on manque parfois d'imagination pour baptiser les rues...

Papa a dit 102 ou 104.

96, 96 bis, 98, 100, j'approche et je n'ai toujours pas la moindre idée pour justifier ma présence. Julien Laporte, je ne le connais pas, je ne l'ai même jamais vu !

Le 102 est une vieille bicoque plantée au beau milieu d'un parc à l'abandon. Je m'approche du portail branlant. Pas de nom ! J'entre ou je n'entre pas ? Un monstre bavant et rugissant, se précipite vers moi. S'il a vraiment faim, je ne suffirai pas à son déjeuner. Heureusement, le portail est plus solide qu'il en a l'air.

Va pour le 104, petite maison coquette aux abords bien entretenus. Je sonne. La porte s'ouvre.

« Euh... bonjour Madame, je cherche Julien Laporte.

– Il n'est pas là pour l'instant, me répond une jeune femme très élégante. Si tu veux, tu peux l'attendre, il ne va pas tarder à rentrer.

– C'est qu'il faut que j'aille au collège !

– Alors, tu le trouveras en chemin. Il m'a dit qu'il avait quelques affaires à y régler et qu'il revenait. »

Des affaires à régler, je suis sûr qu'il s'agit plutôt de vengeance. Qu'a-t-il bien pu manigancer avec les pots de colle ?

« Mais ! Madame, votre fils n'a pas le droit d'entrer dans le collège, il a été viré… euh… pardon, renvoyé !

– Je ne suis pas la Maman de Julien, me répond la jeune femme très élégante, je suis sa femme.

– Sa femme !

– Oui, Julien est un peu en retard dans ses études. À 19 ans, il finit sa quatrième quatrième, me précise la jeune femme très élégante. Ah ! Il a tellement de mal à se plier à la discipline scolaire. Ce n'est pas comme à la maison ! »

Abasourdi, je quitte madame Laporte et plonge vers Sarlat, direction le collège. Il faut absolument que je prévienne Jaime. J'ai de plus en plus peur que la vengeance de Julien soit terrible.

Chapitre 9

BREAK DANCE !

Je passe à toute allure devant la maison du gardien, le père Spicace. Bizarre, il ne se lève pas pour voir qui enfreint le règlement (il est interdit de pénétrer à bicyclette dans le collège). Peut-être est-il malade ? Tant mieux ! Je n'ai pas de temps à perdre !

J'abandonne mon vieux vélo au milieu de la cour et me précipite vers les bâtiments administratifs quand soudain, en passant devant la classe de M. Fasolré, j'entends une drôle de musique, qui n'a rien à voir avec les sons langoureux et sirupeux qu'il extirpe habituellement de son saxophone.

Ce matin, on dirait plutôt des gémissements. Je m'approche de la fenêtre, me hisse sur la pointe des pieds et découvre un spectacle étrange, hallucinant, extraordinaire, inimaginable, un spectacle à couper le souffle.

Les élèves se tortillent sur leur chaise, bras posés sur la table, avec des mouvements frénétiques.

M. Fasolré, assis lui aussi, fait le tour de son bureau sans décoller de son fauteuil.

Peut-être une nouvelle école de Break Dance! Autre sujet d'étonnement : pas un ne desserre les lèvres ; ils n'ont pas dû apprendre les paroles, juste la musique qu'ils fredonnent en s'agitant comme des vers au bout d'un hameçon.

Mes pointes de pieds fatiguent et je me rappelle soudain ma mission : alerter Jaime du retour de Julien Laporte. Je reprends ma course vers le bureau. Pas possible! Ils « hip hopent » aussi chez Mlle Mina Creillon et chez M. Jean Pairmarouth.

Mais que se passe-t-il ?

Ça y est! J'ai compris! Ils sont collés! Oui, collés… à leur chaise et à leur table. Voilà pourquoi Julien Laporte a dérobé les pots de colle!

Pour vérifier mon hypothèse, j'entre dans la classe de Mlle Mina Creillon. Vingt-cinq paires d'yeux se tournent vers moi, implorant mon aide. Les gémissements montent d'un ton. Je m'avance vers elle en prenant bien soin de ne rien toucher et lui demande :

« Vous êtes collée à votre chaise, c'est cela ?

– Mmmmmeuuuh, oui, me confirme-t-elle d'un signe de tête.

– Si cela peut vous consoler, tout le collège est dans le même état que vous », dis-je d'un air mi-sérieux, mi-amusé.

Entre nous, je trouve la vengeance de Julien Laporte plutôt comique, voire même désopilante.

D'accord ! Je serais peut-être d'un autre avis si j'étais arrivé à l'heure ce matin.

Mais ma situation présente est d'autant plus intéressante que si je trouve le moyen de décoller tout le monde, je vais devenir un héros : le Zorro des 6e, le Peter Pan des 5e, le James Bond des 4e, le Cherub des 3e !

En attendant, ils ont l'air bien collés. J'ai beau tirer comme un forcené sur les bras de Mlle Creillon, rien à faire ! Après quelques efforts supplémentaires mais toujours infructueux, j'abandonne la 4e A à son triste destin.

Peut-être que tout le monde n'est pas immobilisé ! J'ai une petite chance de trouver de l'aide. Plus je fais le tour des classes, plus mon espoir s'amenuise.

Dans les bureaux, la situation est la même : M. G. Encorfin est collé à ses menus, M. Savapalfère est plaqué contre le mur, Mlle Yvan est suspendue à la grande règle en bois, celle qui d'habitude lui sert à remettre de l'ordre dans les rangs, et Mlle Emma Nauth… Mlle Emma Nauth ? Elle n'est pas là, elle est absente, jambe fracturée. Et pourtant j'entends du bruit dans son bureau !

Je pousse la porte. Ciel ! Julien Laporte ! Là, en train de vaporiser toute la pièce, du sol au plafond. Tel un tagueur fou, il badigeonne murs, vitres, rideaux…

Profitant qu'il me tourne le dos, je m'approche de lui et lui hurle :

« Julien ! Attention ! Voilà ta femme !

– Ma… ma… fem… femm… me… me… Où… où ça ? » bégaye-t-il, pris de panique.

Avant que j'aie pu lui répondre, il se précipite derrière le rideau de la fenêtre, rideau autour duquel il s'enroule, s'entortille, s'englue comme une mouche sur les attrape-mouches de grand-mère.

« Sors-moi de là ! hurle-t-il, sors-moi de là avant que ma femme n'arrive, sinon je suis perdu !

– Calme-toi, Julien, lui dis-je. Ta femme est chez toi. Et elle ne viendra pas si tu me dis, premièrement, où tu as caché les pots de colle, et deuxièmement, comment décoller élèves et professeurs.

– Les pots de colle ? Quels pots de colle ? fait Julien.

– Ceux que tu as pris chez M. Lerôme.

– Je n'ai jamais pris de pots !

– Attention, Julien, j'appelle ta femme, dis-je, en faisant semblant de pianoter sur mon Smartphone.

– Non ! Je te jure ! Je ne savais même pas qu'ils existaient.

– Et la colle alors, d'où la sors-tu ?

– C'est mon invention, un petit bricolage.

– J'appelle ta femme.

– Mais je t'en supplie ! Crois-moi, pleurniche Julien. J'ai remplacé la mousse à raser par un mélange de colle Scotch, de produit vaisselle et de poivre.

– Du poivre ?

– Oui, ça fait éternuer ceux que je capture, et en mettant la main devant la bouche, ils se collent les lèvres. »

J'ai du mal à le croire. Pourtant il est tellement paniqué quand je lui parle de sa femme qu'il est impossible qu'il me mente.

Je sens que vous brulez de savoir comment j'ai compris que Julien, le caïd des collèges, ne portait pas les culottes chez lui ! Eh ! n'oubliez pas qu'avant même de naitre, j'étais en avance pour mon âge. Cherchez et peut-être d'ici un ou deux ans, après avoir relu cinq ou six fois ce livre, vous aussi, vous découvrirez les indices qui m'ont permis de comprendre que Julien était terrorisé par sa jeune femme très élégante.

Mais revenons à Julien avant qu'il ne soit totalement transformé en papier peint préencollé.

« Je veux bien que ce soit toi qui fabriques ta colle, mais tu n'as pas répondu à ma seconde question. Que faut-il que je fasse pour délivrer mes copains ?

– Promets-moi d'abord de me libérer », gémit Julien, qui vient d'éternuer et dont les lèvres commencent à se coller.

Je n'ai pas le choix. Il faut qu'il me révèle son secret avant qu'il ne devienne totalement muet.

« D'accord, je te délivrerai. Parole de Moustique !

– Voi… là, cet… te col… le se di… di… lue à… l'eau. Ver… se sur… cha… chacmmmmhh… »

Message terminé, lèvres collées. Mais j'en ai saisi l'essentiel.

Le temps de dénicher un récipient, une vieille bassine de la cantine, de la remplir d'eau tiède et me voilà dans le bureau de Jaime qui fait un bien piteux Alibaba.

Collé à son fauteuil, il a réussi à se déplacer jusqu'au moment où, en perte d'équilibre, il a plongé… dans une pyramide de Bulletins Officiels. Résultat : une publicité vivante pour le rectorat, l'homme-sandwich de l'inspection académique !

« Excusez-moi, m'sieur, mais je suis obligé » dis-je en lui versant le contenu de la bassine sur la tête, ou sur ce qui me semble être sa tête.

Le résultat est efficace. Jaime retrouve simultanément sa liberté, ses esprits et la parole :

« Que fais-tu là ? Et ma clé USB ? »

Dix minutes et quelques explications plus tard, nous délivrons les surveillants. Jaime les charge d'aller décoller le reste du collège.

« Et Mlle Yvan, qui va s'en occuper ? demandé-je.

– T'inquiète pas, elle peut attendre cet après-midi, me répond Jaime, hilare. Allons voir ce garnement de Julien.

– Je lui ai donné ma parole de le libérer, m'sieur.

– Qui te dit le contraire ? Allons le libérer de son piège à mouches et je le raccompagnerai chez lui le temps que tu continueras ton enquête. J'ai deux mots à dire à sa femme. »

Chapitre 10

DOUBLE ÉVANOUISSEMENT

La vie reprend petit à petit son cours normal dans le collège qui ressemble à une blanchisserie du dix-neuvième siècle. Grillages, arbres, arbustes, garages à vélos se sont transformés en sèche-linge.

M. G. Encorfin a ressorti les vieilles lingeries poussiéreuses du temps de l'internat et l'on dirait une armée de fantômes qui hantent les couloirs, couvertures ou draps sur les épaules.

Les cours ne reprendront qu'à 14 heures. En attendant de récupérer ses habits secs, chacun commente la vengeance de Julien Laporte. Et comme je l'avais prévu, je suis au centre de ces commentaires. J'ai l'impression de mesurer deux mètres et de chausser du 46 « fillette » !

Mais la célébrité m'ennuie vite ! Après avoir raconté une bonne vingtaine de fois la façon dont j'ai encollé Julien, je décide d'aller trainer du côté des bâtiments administratifs.

Je veux profiter de l'absence de Jaime, parti chez Mme Laporte, pour refouiller de fond en comble sa caverne. Je suis de plus en plus persuadé que les pots de colle n'ont pas été volés ; mais qu'ils sont tout simplement là, quelque part, dans cette immense pagaille.

Et puis, pour ne rien vous cacher, j'ai surtout envie d'aller contempler les contorsions de Mlle Yvan, toujours suspendue à sa règle en bois. On dirait un asticot au bout de son hameçon ! Je ne résiste pas au plaisir d'aller chatouiller les aisselles de ma principale adjointe préférée.

Mais je n'ai pas fait trois pas dans son bureau qu'une douleur fulgurante traverse mon cerveau, suivie d'un trou noir.

« … Maman… l'ordinateur… les pots de… Julien… Où suis-je ?… Que j'ai mal… à la tête… Au sec… Jaime… Tout tourne… Pourquoi il n'y a pas de lumière ?… »

Le moins que l'on puisse dire, c'est que j'ai un réveil difficile !

Que m'est-il arrivé ? Mlle Yvan m'est tombée dessus ? Pas possible, elle était trop bien collée ! Alors, c'est la porte de son bureau ? Mais dans ce cas-là, c'est à l'hôpital que je me réveillerais, pas dans cet endroit humide et sombre. De plus, je n'aurais pas les pieds et les mains attachés.

Mes pieds, mes mains! Mais je suis prisonnier! C'est ça, on m'a enlevé! Ça y est, tout s'éclaire.

On m'a enlevé pour que je ne puisse pas continuer mon enquête. On ? Mais qui est « on » ?

Pour l'instant ce n'est pas la question principale, bien que j'aie ma petite idée. Non, la question principale est de savoir comment je vais m'échapper de cette geôle glacée.

J'ai beau me contorsionner dans tous les sens, mes liens ne bougent pas d'un pouce. En explorant la pièce à tâtons, certainement une cave, je ne trouve pas le moindre objet tranchant. Tout juste un robinet.

Un robinet! Sauvé! Dans le dernier western que j'ai vu à la télé, les Indiens attachaient leurs prisonniers blancs avec des liens humides qui se resserraient au soleil et les torturaient affreusement. Donc, par déduction, si je mouille mes liens, ils vont se détendre et je suis sauvé.

Bonne déduction, me voilà libre; libre de me servir de mes bras et mes jambes car pour le reste, je suis toujours enfermé dans cette cave nauséabonde.

Une faim affreuse me tiraille l'estomac. Quelle heure peut-il bien être ? Aucune idée! Je fais pour la dixième fois le tour de ma prison à la recherche de la moindre anfractuosité trahissant la présence d'une porte ou d'une fenêtre, quand soudain je glisse et m'étale de tout mon long, mes mains achevant leur chute dans une bassine pleine de pâte à chewing-gum.

Du moins, c'est la première impression que j'ai ! Mais ce chewing-gum a une odeur particulière qui pourtant ne m'est pas étrangère.

L'odeur du jeudi ? Oui, c'est bien l'odeur du jeudi matin, l'odeur des encollés du jeudi matin ; ce mélange d'ail et d'œuf pourri qui caractérise les deux colles achetées par M. G. Encorfin.

Je n'ai pas encore retrouvé les pots de colle, par contre j'ai retrouvé leur contenu. Je frotte énergiquement mes mains contre la paroi et contre mon pantalon pour éliminer le plus de colle possible, et je prépare mon piège.

Soudain, une trappe s'ouvre au-dessus de moi. Une lumière violente envahit ma prison.

« Surtout, ne bouge pas, Jérémy. Fais semblant d'être endormi. Pourvu que je n'aie pas trop resserré mes liens » sont les idées qui traversent mon esprit le temps que glisse une échelle par la trappe.

Mon ravisseur, la tête encagoulée, descend avec précaution, s'approche de moi et se penche. C'est le moment que je choisis pour le propulser de toutes mes forces contre la paroi que j'ai encollée de haut en bas.

L'effet de surprise et ma vivacité ont compensé ma petite taille. Mon geôlier est collé au mur et se débat comme une mouche empêtrée dans une toile d'araignée.

J'avale les barreaux de l'échelle et me retrouve dans un couloir qui prend vite l'allure d'un labyrinthe. Impossible de trouver la sortie.

Essoufflé, épuisé, l'affolement me gagne, surtout que je viens de penser que je n'ai ni sorti l'échelle, ni refermé la trappe.

Enfin ! une porte ! Je tourne la poignée… Ouf ! Sauvé ! Je me retrouve dans le bureau de… Jaime. Pas possible ! Décidément, je ne comprends plus rien !

J'ai juste le temps de fermer la porte à clef avant de m'évanouir au milieu des notes de service du rectorat.

Chapitre 11

UNE RÉUNION DÉCISIVE

« Moustique ! Moustique ! réveille-toi, je t'en supplie, réveille-toi !

– Hein ! Quoi ? L'araignée…

– Moustique, que t'est-il arrivé ? Une araignée, quelle araignée ?

– Là, derrière la porte. Attention, l'araignée !

– Calme-toi, Moustique. Je suis là avec toi, dans mon bureau. Explique-moi ce qui t'est arrivé.

Au fur et à mesure de mes explications, le visage de Jaime se décompose. Et, quand je lui décris mon ravisseur, il a déjà la main sur le téléphone.

– Écoute, Moustique, me dit-il, ce n'est plus une plaisanterie. On t'a enlevé, assommé. J'appelle la police.

– Oh non, m'sieur, on va le coincer nous-mêmes. D'ailleurs, il doit être encore collé au mur de la cave.

– Ce n'est pas une cave, c'est une blanchisserie, et le couloir que tu m'as décrit est celui de l'ancien dortoir inutilisé maintenant depuis plus de quinze ans.

– Vite, allons-y, on va le capturer », proposé-je tout excité.

Jaime ne se fait pas prier ; il ne doit pas avoir tellement envie que la police découvre sa chère clé USB.

Armés, lui d'un antique annuaire des pages jaunes, moi de la fameuse colle de Julien Laporte, nous arpentons, avec des ruses de Sioux, le dortoir désert.

Nous arrivons sans encombre devant la trappe de la blanchisserie. L'échelle est encore en place, mais les traces gluantes sur les barreaux nous prouvent que mon ravisseur a décollé, ou plutôt s'est décollé et a pris la poudre d'escampette.

« Ce coup-ci, j'appelle la police, s'exclame Jaime. Le commissaire Magret est un de mes vieux amis, il aura tôt fait de découvrir le coupable.

– Et la clé USB, ajouté-je.

– Tant pis, dit Jaime désabusé. Le voleur de pots de colle est un fou. Tant qu'il est en liberté, ta vie est en danger. Il faut l'arrêter. »

C'est en traversant le dortoir que jaillit, dans ma cervelle de moustique, une idée lumineuse :

« Bon sang ! Mais c'est bien sûr ! J'ai trouvé ! hurlé-je.

– Tu as trouvé quoi ? me demande Jaime l'air absent, surement plongé dans les pensées de Dame Berthe.

– Vous allez convoquer tout le personnel du collège, du jardinier à Mlle Yvan. Vous trouverez bien une raison. Tenez, par exemple: Comment réagir à la mauvaise blague de Julien Laporte et comment en informer les parents, l'administration et la presse?

– Je ne vois pas où tu veux en venir.

– Moi si! Mon ravisseur est forcément quelqu'un du personnel, sinon il ne m'aurait jamais enfermé dans la blanchisserie.

– Je crois que j'ai compris! s'écrie Jaime. Tu penses que le coupable n'osera pas assister à la réunion.

– Au contraire, je crois qu'il sera là et je suis sûr de le reconnaitre!

– Voyons, je ne peux pas t'inviter, dit Jaime.

– Mais si ! Pour me féliciter d'avoir décollé le collège, ses élèves, ses professeurs, son principal et même Mlle Yvan, si vous m'y autorisez.

– D'accord, Moustique, je veux bien essayer. Mais si ton plan échoue, alors je préviendrai le commissaire Magret. La réunion aura lieu à midi. En attendant, fais attention à toi et passe délivrer la Terrible. »

Il est 11 h 15. Il me reste trois quarts d'heure pour régler quelques petites affaires que je ne peux malheureusement pas pour l'instant vous dévoiler. Cela serait trop dangereux et pour vous et pour moi.

Rendez-vous à midi dans la salle des professeurs. Soyez à l'heure, le voleur, lui, y sera.

Midi ! Vous êtes là ? Alors je ne peux pas résister au plaisir de vous décrire la salle des profs : un vrai zoo ! Il ne manque plus que les cages et les enclos grillagés pour se croire à la Palmyre.

Comme dans ce parc animalier près de Royan, les locataires sont par familles. Les plus nombreux, les professeurs, font irrésistiblement penser aux flamants roses, immobiles et songeurs, échangeant de temps en temps quelques doctes paroles. Plus loin, les surveillants, l'air aux aguets, métier oblige, ressemblent à la famille renard. Le personnel de service, intimidé par le lieu et l'importance de la réunion, est effarouché comme un troupeau de biches. Quant aux gens des bureaux, ils ont l'air blasé du rhinocéros ou de l'hippopotame.

Ah ! j'avais oublié Mlle Yvan, M. G. Encorfin et M. Savapalfère qui tournent en rond, tels trois fauves dans leur cage.

Jaime, quant à lui, seul à son bureau, somnole à la façon d'un vieux crocodile.

Le voilà qui se réveille :

« Mesdames, Messieurs, s'il vous plait, veuillez bien vous asseoir. Avant de commencer à proprement parler notre réunion, je tiens à féliciter celui sans qui nous serions encore immobilisés, et Dieu sait avec quelles conséquences : le jeune Jérémy Delordre. »

Sous un tonnerre d'applaudissements, je fais une entrée digne d'un candidat à la présidence de la République lors d'un meeting électoral.

« Approche-toi, mon garçon », me dit le principal, qui respecte notre plan à merveille.

Je vais donc jusqu'à lui, raconte à nouveau la capture de Julien Laporte et quitte la salle sous une nouvelle salve d'applaudissements, en prenant bien soin de repartir par l'autre côté. J'ai ainsi fait le tour complet de la table de réunion et de ses occupants.

Je connais le coupable ! Non, ce n'est pas son regard qui l'a trahi, ce n'est pas non plus son attitude, encore moins ses habits ou son absence. Mais son odeur ! Eh oui, un seul sentait l'œuf pourri et l'ail, malgré toutes les douches parfumées qu'il avait dû prendre depuis qu'il avait eu connaissance de l'heure de la réunion.

Oui, mais voilà, ces deux colles ont vraiment une satanée odeur, une odeur qui s'incruste, une odeur qui renait sous les parfums, une odeur qui s'éternise.

Ah ! je vous sens impatient de connaitre le voleur, le ravisseur de pots de colle, de clé USB et d'enfant. Impatient, Jaime, lui aussi, l'est. Si bien qu'il a, au bout de cinq minutes, interrompu la réunion, prétextant un léger malaise.

« Alors, Moustique ! Tu as démasqué cet ignoble individu ? me demande-t-il après m'avoir rejoint dans son bureau.

– Sans problème, m'sieur !

– Tu es sûr ?

– Absolument !

– Alors ?

– Alors quoi ?

– Alors qui ?

– Alors voilà !

– Dépêche-toi, Moustique, je t'en supplie, il me tarde tant de retrouver ma chère clé !

– Et les pensées !

– Les pensées quoi ?

– Les pensées de Mlle Berthe.

– Vite, vite, je t'en supplie. Épargne-moi tes stupides réflexions, s'impatiente Jaime.

– Eh bien voilà, m'sieur, il s'agit de… »

Chapitre 12

TRAITEMENT DE TEXTE !

« Comment allons-nous le prendre ? Il doit se méfier ! me dit Jaime.

– Il doit déjà être prisonnier, fais-je.

– Prisonnier ! Et où ça ?

– Dans son bureau, et même précisément sur sa chaise. La colle de Julien Laporte est vraiment une invention formidable ! Oui, je suis allé faire un petit tour dans son bureau après avoir quitté la réunion et j'en ai profité pour encoller sa chaise.

– Ah Julien ! s'exclame Jaime, que ferais-je sans toi ? Vite, allons récupérer ma clé ! »

Effectivement, il est bien prisonnier, collé à sa chaise, les bras soudés à son bureau.

Monsieur Savapalfère, le conseiller d'éducation, car c'est bien de lui qu'il s'agit (je suis sûr que vous vous en doutiez depuis fort longtemps). Dès qu'il nous aperçoit, il fond en larmes. Il sait que nous savons. Il sait que nier ne lui servira à rien. Et moi, je sais que je peux le décoller. Je sais aussi qu'il a

beaucoup de circonstances atténuantes, avant même qu'il se lance dans un long monologue :

« Oui, c'est moi. C'est moi qui ai volé les pots de colle, monsieur le principal. Mais il faut me comprendre. Je n'en pouvais plus, je n'en pouvais plus de voir tous ces enfants collés, encollés chaque mercredi. Je n'en pouvais plus de les voir souffrir de la tyrannie de Mlle Yvan. Je n'en pouvais plus d'être son complice toutes les semaines.

J'aime trop les enfants ! Ah oui, je sais, ça, je ne me le pardonnerai jamais. Jamais. Je n'aurais pas dû m'en prendre à toi, Jérémy. Mais voilà, j'ai perdu la tête. J'ai entendu toute ta conversation avec Julien Laporte et je me suis affolé. Pour ça, je mérite la prison. M'en prendre à un enfant, moi qui les aime tant ! Mais j'ai cru que tu travaillais pour le compte de Mlle Yvan. Je ne voulais pas te faire de mal ! Quand tu m'as poussé contre le mur plein de colle, je venais t'expliquer mon plan et te relâcher.

Voilà, je ne suis pas un mauvais homme ! C'est pour le bien des enfants que j'ai dérobé les pots. Et ça, je ne le regretterai jamais, même devant un tribunal ! Je suis drôlement content d'avoir vidé toute la colle. Monsieur G. Encorfin m'a dit qu'elle était tellement chère qu'il ne pourrait plus en racheter. Oui, ça, je suis bien content !

Si je pleure, ce n'est pas parce que j'ai peur d'aller en prison, non, ça, je le mérite pour t'avoir fait du mal, mon petit Jérémy. Si je pleure, c'est de joie, à l'idée que plus un enfant ne subira les brimades délirantes et dégradantes de Mlle Yvan.

Monsieur le principal, vous pouvez appeler la police. Je suis prêt, en paix avec moi-même. Ah oui, dernière chose, les pots vides sont dans l'ancien dortoir, chambre 27, sous le lit de gauche en entrant. »

À ces mots, Jaime se lève, quitte en courant le bureau de M. Savapalfère, qui ne bronche pas.

Moi, je reste là, gêné, ne comprenant pas l'empressement de Jaime à prévenir la police : le conseiller d'éducation n'a rien d'un dangereux assassin.

N'empêche que je suis là, en face de lui qui range son bureau et je ne sais quoi lui dire pour le réconforter.

« Monsieur Savapalfère ! La clé ! La clé USB ! hurle Jaime en pénétrant comme un forcené dans le bureau. Où est-elle ? »

Il brandit les deux pots de colle sous le nez du conseiller d'éducation qui continue tranquillement à classer ses papiers.

Puis il l'empoigne par le col de sa chemise et lui hurle à nouveau :

« Où est ma clé USB ?

– Monsieur le principal, je n'ai jamais vu de clé USB sous les pots de colle, répond très calmement monsieur Savapalfère.

– Sous ce pot-là était cachée une clé USB. Dites-moi où vous l'avez mise ! Sinon… sinon…

– Monsieur le principal, je n'ai même jamais regardé sous ce pot.

– Vous mentez ! Vous l'avez trouvée, essayée et adoptée.

– Monsieur le principal, j'ignore de quoi vous voulez parler.

– Ce n'est pas vrai ! s'étrangle Jaime. Vous êtes jaloux ! C'est parce qu'elle m'aime, moi ! J'en suis sûr ! Je vais… je vais… »

Je décide qu'il est temps d'intervenir. J'aime trop Jaime pour le laisser se ridiculiser aux yeux de quiconque.

« m'sieur, venez avec moi. Venez jusqu'à votre bureau. J'ai une révélation importante à vous faire. »

Jaime se calme un petit peu et accepte de me suivre, sans oublier toutefois de fermer à clef la porte du conseiller d'éducation.

« Vous n'avez plus besoin de la clé USB, dis-je à peine entré dans son bureau-bazar.

– Et pourquoi cela ? me demande-t-il très sèchement.

– Parce que c'est d'un bon traitement de texte dont vous avez besoin.

– Qu'est-ce que ce charabia ?

– Oui, m'sieur, pour écrire ce que vous n'osez dire à Mlle Berthe. Lui dire que vous l'aimez ; lui dire que vous êtes prêt à partager sa vie.

– Mais… »

Jaime est sans voix. Abattu. Sa timidité amoureuse est invincible. Il sait que j'ai raison, mais il sait surtout qu'il n'osera jamais.

Que les grandes personnes sont compliquées !

Il ne reprend des couleurs que lorsque je lui fais lire sa déclaration à Dame Berthe, encodée et imprimée par mes soins et qu'il n'a plus qu'à parapher ; ce qu'il s'empresse de faire avant que sa timidité ne reprenne le dessus.

Je vais poster la lettre moi-même et je fais confiance à Dame Berthe pour la suite des opérations.

Ce que j'ai écrit dans la missive amoureuse de Jaime ? Vous êtes bien indiscrets ! Allez donc le demander à Dame Berthe !

Chapitre 13

TROP DANGEREUX !

La clé USB ! Qu'est devenue la clé USB de Jaime et notre programme AQPT.1 ?

Souvenez-vous des trois quarts d'heure entre 11 h 15, moment où je propose à Jaime de réunir tout le personnel du collège, et midi, début de la réunion.

Quarante-cinq minutes dont je ne vous ai pour l'instant pas parlé, car j'avais peur de vos indiscrétions.

Quinze minutes m'ont suffi pour rédiger la déclaration amoureuse de Jaime à Dame Berthe.

Trente m'ont été nécessaires pour retrouver les pots de colle : l'ancien dortoir est vaste et j'étais mal remis de mes deux évanouissements matinaux.

Les dernières secondes m'ont permis de dissimuler la clé USB dans le bureau-fouillis de Jaime.

Pourquoi ?

Parce que je n'avais pas le temps d'en détruire le contenu, et là, personne n'a la moindre chance de la retrouver ! Moi, peut-être, et encore ! Il y a une telle pagaille !

Oui, cela peut vous paraitre invraisemblable ! Mais c'est pourtant moi qui ai pris la clé USB et l'ai faite disparaitre.

Ce programme AQPT.1 est trop dangereux pour l'humanité. Bien sûr, Jaime ne l'a conçu que dans un but professionnel, voire sentimental.

Mais qui sait ?

Si un jour, il était devenu fou !

S'il avait décidé de monnayer sa clé auprès des services secrets d'un apprenti dictateur !

Imaginez un peu les ravages que pourrait faire ce programme !

Que deviendraient les gens s'ils ne pouvaient plus penser librement ?

L'informatique a déjà sacrifié, sur son autel, mes parents. Je ne tiens pas à ce qu'elle détruise le monde entier.

2e partie

Rififi à Sarlat

Un mois plus tard…

Chapitre 1

PAS LE CHOIX !

On sonne !

Certainement Jaime et Berthe qui viennent, comme chaque samedi après-midi, me rendre visite. Berthe Alagrosse a au moins perdu quinze kilos, et sans le moindre régime !

Un coup d'œil par la fenêtre : ce ne sont pas eux !

Je n'ai jamais vu les trois hommes qui campent devant ma porte. Mais à leur allure, aucun doute : ce sont des gens de l'espionnage ou du contre-espionnage.

Pas le choix ! Obligé de m'enfuir ! Où ? Je ne sais pas ! Ce que je sais, par contre, c'est qu'il ne faut pas que je tombe entre leurs mains ! S'ils sont là, c'est qu'ils se doutent que je connais le programme AQPT. 1. Aucune envie qu'ils me capturent…

Je relâche délicatement le rideau et pousse l'armoire en chêne massif contre la porte d'entrée. Je saute dans mes baskets, puis par la fenêtre de la salle à manger : direction l'épicerie Sasseratout.

Je pénètre en trombe dans l'épicerie. Sauvé : ils sont là ! Oui, bien là – Joseph Lambarre dit Jojo la Pagaille, Frédéric Hochet dit Frédo le Costaud et Gérard Mansu dit Gérard le Bavard – tous les trois en train de comptabiliser le nombre de bouteilles de verre qu'ils ont collectées et qu'ils s'apprêtent à revendre pour lutter contre le cancer.

Je referme la porte et m'affale dans les bottes de radis.

« Jérémy ! Qu'est-ce qu'il t'arrive ? s'inquiète Frédo.

– Fichu, les gars ! Je suis fichu !

– Du calme ! Du calme ! Si tu nous expliquais, propose Gérard.

– Trois types ont sonné chez mes parents. Louches, très louches ! Sûr que ce sont des espions !

– Mais tu fabules ! Qu'est-ce qu'ils pourraient bien te vouloir, à toi et tes dix ans ? ironise Jojo la Pagaille.

– La clé USB contenant le programme AQPT.1.

– Mais tu ne l'as pas ! Personne ne l'a jamais retrouvée, me fait observer monsieur Sasseratout, l'épicier, qui remonte de sa cave.

– Je sais ! Mais comme c'est moi qui ai mis au point le programme *À Quoi Penses-Tu 1*, je préfère ne pas finir entre leurs mains !

– Qui a bien pu les mettre au courant et les lancer sur ta piste ? me demande Gérard.

– Aucune idée ! Mais si je l'apprends, ce traitre me le paiera ! »

Jojo n'est toujours pas convaincu :

« Ce sont peut-être des clients ou des amis de tes parents ?

– Aucune chance ! Tu sais bien que mes parents passent leurs journées – et leurs nuits – dans leur chambre respective, devant leur dieu Ordinateur. Ils communiquent avec l'extérieur uniquement grâce à leur écran et ne sortent jamais. La dernière personne que nous avons reçue était mamie Traillète, il y a au moins quatre ans de cela !

– Jérémy ! Viens voir ! m'ordonne l'épicier, le nez collé au carreau de sa fenêtre. Regarde, au bout de la rue, ce ne seraient pas eux ? »

Je me hisse sur la pointe des pieds, jette un œil et confirme : ce sont bien les deux « imperméables-moustaches » et leur acolyte. Ce gars-là, quand on l'a vu une fois, on ne peut pas l'oublier ! Faut dire qu'il est assez atypique : pas de chapeau ni de moustache, pas d'imperméable-ceinture ni de magnum 357. Non, tout simplement deux mains dans les poches d'un vieux jean décoloré ; deux mains soutenant un ventre énorme, débordant de son tee-shirt, un ventre aussi lisse que son crâne totalement dégarni de cheveux et d'intelligence. Deux yeux fixes globuleux, une tête carrée, cubique même, deux minuscules oreilles aplaties, un nez de boxeur plus souvent K.-O. que vainqueur. Oui, celui-là, difficile de l'oublier; les deux autres ressemblent à tous les espions du monde.

Plus je les regarde, plus ils me paraissent inquiétants ! Surtout qu'ils se dirigent droit vers l'épicerie.

« File dans la remise, me souffle monsieur Sasseratout. Cache-toi sous les salades. On va vite savoir ce qu'ils ont derrière la tête. »

Juste le temps de disparaitre au milieu des laitues que le carillon de l'épicerie s'excite.

« Bonjour messieurs, qu'est-ce que ce sera ? Endives, carottes, radis, céleri… à moins que vous ne préfériez des épinards ! J'en ai de tout frais. J'ai aussi…

– Arrêtez vos salades ! coupe sèchement un des deux « imperméables-moustaches ». Nous cherchons le jeune Jérémy Delordre. Nous sommes des amis de monsieur Lerôme. Il nous a dit que si Jérémy n'était pas chez lui, nous avions de fortes chances de le trouver chez vous.

– Dommage, messieurs ! Il vient juste de partir ! Mais je peux lui transmettre un message. Que lui voulez-vous ?

– Le féliciter pour ses compétences en informatique et lui demander quelques tuyaux. »

Pendant toute cette conversation, « l'atypique » a, d'un air nonchalant, fouiné dans toute la boutique. Il a examiné de la tête aux pieds, Frédo, Jojo et Gérard, qui se sont remis à trier les bouteilles. Et maintenant, « crâne dégarni » vient de pénétrer dans la remise. Je m'enfonce un peu plus profondément dans les salades. À moins qu'il se mette à tout chambouler, il n'a aucune chance de me repérer.

Un qui m'a repéré, c'est un gentil limaçon. Gentil mais collant! D'autant plus qu'il est en train d'explorer ma narine gauche. Pas possible, je n'en peux plus! Je vais... je... je vais... ATCHOUM! ATCHOUM!

Les salades s'envolent autour de moi.

« Il est là! hurle "crâne dégarni". On le tient! »

C'est tout ce qu'il a le temps de dire: un magnum de champagne s'abat sur sa nuque. Au même instant, deux bouteilles atteignent la tête des deux autres espions.

« Alors, vous me croyez, maintenant? dis-je en extirpant le limaçon de ma fosse nasale.

– Bien obligé, constate l'épicier. J'appelle la police. Tes ennuis sont finis.

– Surtout pas! fait Jojo qui termine de ligoter les trois James Bond d'opérette. Primo, ils vont nous accuser de coups et blessures; secundo, même si les policiers finissent par nous croire, d'autres espions vont venir.

– Conclusion?

– Conclusion: il faut que Jérémy parte à l'étranger quelque temps.

– À l'étranger! je m'écrie.

– Oui, insiste Gérard. Le plus loin possible, jusqu'à ce qu'ils perdent ta trace. Nous te préviendrons dès que tu pourras revenir.

– Mais je n'ai que dix ans ! Pas d'argent ! Comment vais-je me débrouiller ?

– Écoute, me dit l'épicier, ce matin, j'ai expliqué à tes trois camarades, le fonctionnement de l'épicerie. Ils vont me remplacer une semaine car je pars ce soir pour Parme. Ma sœur qui est mariée à un fabricant de pâtes italien, vient d'avoir un bébé. C'est moi le parrain et le baptême a lieu dimanche. Je t'emmène. Mon beau-frère te trouvera un petit boulot pas trop pénible et t'hébergera jusqu'à ce que tu puisses revenir. »

Qu'est-ce que vous auriez fait à ma place ? Moi, je n'ai pas hésité, surtout que les trois espions commençaient à sortir de leur coma. J'ai sauté dans la camionnette de monsieur Sasseratout, direction l'Italie.

Frédo a promis de prévenir mes parents au cas où ils s'apercevraient de ma disparition. Jojo doit mettre au courant monsieur Lerôme de la raison de mon absence et du danger qu'il encourt en tant que coauteur du programme AQPT.1. Quant à Gérard, il sera mon seul et unique correspondant, via une boite mail ultrasécurisée.

Avant de quitter Sarlat, monsieur Sasseratout et moi abandonnons les trois « espions-saucissons » dans la décharge publique de Sarlat : des taupes au milieu des rats !

Chapitre 2

VOYAGE, VOYAGES !

Long, le voyage jusqu'à Parme. Très long ! Surtout que la camionnette n'est plus de première jeunesse. Elle a du mal à avaler et dévaler les Alpes. Mais enfin, nous voilà en Italie. Une escale à Milan pour se dégourdir les jambes et faire le plein, et nous arrivons à Parme – célèbre pour son jambon, ses violettes et son fromage – à la tombée de la nuit.

Impossible de rater l'usine du beau-frère. Elle est immense et, au-dessus, scintille une colossale enseigne : *LÉON ARDOVINSI – PASTA SPAGHETTI*.

Déjà une semaine que monsieur Sasseratout est reparti ; une semaine que je travaille à l'usine de pâtes. Gouteur de spaghettis, c'est l'emploi que m'a déniché M. Léon, le patron.

Un métier peu connu et assez bourratif. En quelques jours, je suis devenu un expert. Normal pour quelqu'un qui a toujours été bonne pâte ! En un coup de dents, je vérifie la texture, la consistance et le craquant du spaghetti. Un deuxième coup de dents me permet de le ramener à 293 mm, longueur officielle et seule tolérée du spaghetti de Parme, le spaghetti pour gens bons !

Alors que je m'apprête à raccourcir mon 34 412e spaghetti de la journée, je vois dépasser derrière la « spaghecomptine » – machine à compter les spaghettis – un ventre bien rebondi ! Surement pas celui du contremaitre, à cette heure-là, il commence juste sa sieste ! Ni celui de la jolie Carlotta, elle a accouché hier ! Mais alors, à qui ce ventre bedonnant ?

Non, pas possible ! Pas déjà ! Pas eux !…

Devant moi Vic Tortur, derrière Phil Atur et Bart Bouze (Ce sont les noms qui figuraient sur leur vrai « faux passeport » : des noms « taupe » secrets !).

Va me falloir jouer serré ! Primo, faire semblant de ne se douter de rien ; secundo, continuer à croquer les spaghettis en me rapprochant de la « spaghecomptine » ; tertio, accélérer la vitesse de la machine jusqu'à saturation et quatro, plonger sous la table la plus proche pour éviter les salves de spaghettis jaillissant de la « spaghecomptine » en folie.

Spaghettis qui traversent la salle, plus rapides et acérés que les flèches d'Œil de Verre, le chef indien, héros de « Un sioux est un sioux », un western spaghetti, bien sûr !

Les spaghettis se fracassent contre les murs, repartent dans tous les sens et s'empalent dans toutes les surfaces molles et meubles qu'ils rencontrent. La première salve embroche Phil, la deuxième atterrit sur le postérieur de Bart et la troisième se plante dans le ventre de Vic. Les autres suivent à peu près le même chemin, jusqu'à ce que les trois malheureux compères trouvent enfin la sortie. Ce ne sont plus des espions mais des hérissons !

C'est à Tokyo, deux mois plus tard, qu'ils réapparaissent. Léon Ardovinsi m'y a envoyé chez sa sœur, Ella Jauconde, qui travaille chez Yamasouri Kéfoutu, leader mondial de l'ordinateur de poche. Mes connaissances précoces et inégalables en informatique m'ont permis de devenir « Virus » dans la même usine. Mon travail consiste à m'introduire dans les programmes concurrents et à les parsemer de virus, tel le Petit Poucet laissant tomber derrière lui ses cailloux blancs. Un jeu d'enfant !

Malheureusement, je n'ai pas l'occasion de jouer très longtemps ! En effet, ce n'est pas à l'usine que les espions me retombent sur le paletot, mais au palais des sports de Tokyo, où j'assiste à la finale du championnat national de sumo qui oppose les deux plus grands sumotoris du pays : à ma droite, Ifogrocir (1 m 70, 336 kg et des poussières) contre, à ma gauche, Yakapoucé (1 m 57, 295 kg avant le repas). Le sumo n'est pas un sport compliqué : tu manges le plus possible tout ce qui te tombe entre les mâchoires pendant des années, et ensuite tu essaies de pousser hors d'un cercle de terre battue un autre sumo qui a mangé autant que toi et quelques fois plus !

C'est au moment où la finale débute que les trois espions se précipitent vers moi. Pas d'hésitation ! Je prends mes jambes à mon cou. Je traverse la terre battue. Phil, Bart et Vic à mes trousses. Enfin, pas longtemps ! Car ils ont le malheur de se trouver au milieu du cercle de terre battue à l'instant précis où les deux monstres sumos se ruent l'un contre l'autre. Ils se retrouvent, tous les trois, aplatis comme des galettes de riz. Les deux sumos, eux, continuent à se pousser à qui mieux mieux, sans se soucier des trois malheureux coincés entre leurs énormes amas graisseux : une publicité vivante pour hamburger géant monté sur pattes ! Je n'ai jamais su qui de Yakapoucé ou de Ifogrocir est devenu roi des sumos, ni comment Phil, Bart et Vic ont retrouvé leur aspect normal.

Ce que je sais, c'est qu'en Australie où je suis laveur de poche de kangourou et au Koweit où l'émir Abel me fait faire ses confitures, je leur échappe par miracle !

Chapitre 3

RETOUR MOUVEMENTÉ

Cela fait deux ans et demi, maintenant, que j'erre autour du monde. Trente mois et trente pays que j'essaie de semer Phil, Vic et Bart, en permanence à mes trousses. Et toujours pas le feu vert pour rentrer à Sarlat.

Mais aujourd'hui, à Washington, jointe au dernier mail de Gérard, le scan d'une lettre de dame Berthe.

Sarlat, le 25 octobre.

Mon cher Jérémy,

Où que tu sois, quels que soient les dangers qui te guettent, il faut que tu regagnes Sarlat de toute urgence. Jaime, que j'aime tant, mon bon Jaime a disparu ! Il a été enlevé, kidnappé.

Avant-hier, 23 octobre à 18 h 30, alors que nous quittions bras dessus bras dessous le collège, deux individus encagoulés nous ont menacés de leurs armes automatiques et ont contraint Jaime à les suivre. Quant à moi, je n'ai pas eu le choix : ils m'ont ficelé comme un vulgaire saucisson au poteau indicateur de l'arrêt de bus.

Oui, Jérémy, il faut que tu reviennes. Toi seul sais où est la clé USB AQPT.I qui est la rançon qu'exigent les ravisseurs contre la libération de mon Jaime adoré.

Je suis désespérée, je me remets à grossir. Reviens vite !
Je confie cette lettre à tes amis, Frédo, Gérard et Jojo, puisqu'eux seuls savent en permanence à quel endroit de la planète tu te trouves.

Je t'espère au plus tôt,

Berthe Alagrosse

P.-S. : la clé USB est à déposer le 1er novembre, dans un pot de chrysanthèmes, près du portail du cimetière de La Canéda.

Que faire ?

Répondre à l'appel désespéré de Dame Berthe ou continuer à fuir ?

Réfléchir, en tout cas. Et plus je réfléchis, plus une chose m'intrigue : cela fait bien quinze jours que je n'ai plus aucune nouvelle de mes trois espions préférés ! Plus de filatures sur les plages dorées de Tahiti, ni ce matin à l'aéroport de Washington. Je n'ai même pas repéré le moindre de leurs collègues dans l'avion.

Conclusion : s'ils ne sont plus à mes trousses, c'est qu'ils ont regagné Sarlat et enlevé Jaime. C'est décidé ! Je rentre !

Alors que je relis pour la trois centième fois la lettre de Mlle Alagrosse, l'Airbus A330 est en train d'avaler la piste d'atterrissage de l'aéroport de Bordeaux-Mérignac. Comme prévu, Julien Laporte m'attend à l'aérogare. Julien Laporte : 22 ans, 5 écoles maternelles, 7 écoles primaires et 10 collèges. Joli bilan pour quelqu'un qui n'est ni architecte ni ingénieur-conseil ni entrepreneur de travaux publics. Car, ce n'est pas le nombre d'établissements qu'il a construits, mais le nombre de ceux qu'il a fréquentés et dont il a été exclu.

Sans trainer, on grimpe dans sa vieille 2 CV. Incorrigible Julien ! Si vous ne l'arrêtez pas, il est capable de vous parler pendant des journées entières de ses exploits d'ancien combattant de l'Éducation nationale. Or moi, ce qui m'intéresse, c'est d'en savoir plus sur la mystérieuse disparition de Jaime. Julien zappe d'un sujet à l'autre. Je vous épargne, amis lecteurs, deux heures de blabla pour en venir à l'essentiel : Jaime est toujours introuvable.

Autre mauvaise nouvelle, Dame Berthe a repris 13 kg et 642 grammes à sa dernière pesée, ce matin à 8 h 13 min 46 s. Elle grossit au rythme de 2,342 kg par jour. Si je ne retrouve pas son Jaime adoré rapidement, elle va entrer dans le livre des records.

Jojo, Gérard et Frédo ratissent, mètre carré par mètre carré, toute la région sarladaise, sans résultat. Julien m'apprend également que le rapt ayant eu lieu le soir des vacances de la Toussaint, personne n'est au courant de l'affaire, ni dans le collège ni dans la ville.

Bref, rien de bien encourageant !

« STOP ! FREINE ! FREINE ! »

Julien écrase la pédale de freins. Je saute de la 2 CV. Je suis sûr que je n'ai pas rêvé ! Là-haut, sur la falaise surplombant la Dordogne, plus précisément sur le chemin de ronde du château de Beynac, ce ventre débordant ne peut appartenir qu'à Phil Atur, mon espion préféré. Je remonte dans la voiture et, tout en ne quittant pas des yeux le château et son ventripotent visiteur, je lance à Julien :

« Vite ! Démarre et prends la première à gauche. »

La 2 CV ne bronche pas. Julien non plus ! Je me tourne vers lui. Horreur ! Il a avalé le volant ! Plus exactement, la ceinture de sécurité, en poils de queue de vache, tressée par ses soins, n'a pas résisté au brusque coup de frein. Résultat, Julien a embrassé le volant.

J'appelle les pompiers tout en courant vers le château. La montée est rude. Quand j'arrive, la porte d'entrée est fermée.

« Reviens demain, me dit le guide, les visites sont terminées pour cet après-midi. »

Rageant ! Mais enfin voilà un début de piste ! Que peut bien faire Phil Atur dans ce haut lieu du Moyen Âge ? Surement pas du tourisme !

Le temps que je redescende, Julien a été transporté à l'hôpital de Sarlat. Rien de grave, me précise le capitaine des pompiers, mais impossible de lui décoincer la mâchoire et d'en extirper le volant.

Me voilà bon pour rejoindre Sarlat à pied, à moins que j'aie des talents d'autostoppeur.

Faut le croire ! La quatrième voiture s'arrête. Une dame d'un certain âge, surement attendrie par ma mine déconfite, se propose de me conduire jusqu'à la place du marché aux noix. Impeccable, de là, je suis à cinq minutes du collège Jean Foupalourd.

Le voyage continue comme il a commencé : elle est aussi bavarde que Julien mais surtout beaucoup plus curieuse :

« D'où viens-tu ? Comment t'appelles-tu ? Quel âge as-tu ? Pourquoi es-tu seul sur la route ? Où sont tes parents ?… »

Elle enchaine les questions comme un enfant de maternelle enfile les perles. Heureusement, Beynac est à moins de quinze kilomètres de Sarlat.

Quelle émotion en pénétrant dans la ville : des bouffées de cèpes, de truffes, de foie gras envahissent ma mémoire et l'intérieur de la voiture. Mais ce n'est pas le moment de me laisser distraire ! Je mangerai après une petite visite au collège.

« Madame,…

– Mademoiselle.

– Pardon ! Mademoiselle, je peux vous poser une question ?

– Si tu veux, mais seulement une. J'ai horreur des gens curieux.

– Savez-vous où est le collège à Sarlat ?

– Bien sûr petit, j'y travaille. Mieux ! Je le dirige, enfin presque ! Ce pauvre monsieur Lerôme, depuis qu'il est amoureux… Je suis mademoiselle Lara Leuze, sa nouvelle secrétaire, tu habites près du collège ?

– Non, mais je dois m'y inscrire pour la rentrée de janvier. Avant, j'aimerais bien le visiter.

– Ce sont les vacances de la Toussaint, mon garçon ! Il n'y a personne dans l'établissement, à part le concierge croate, M. Cétak Elsugé.

– Vous croyez qu'il me fera visiter ?

– Cela m'étonnerait ! Surtout sans tes parents !

– Ils auraient bien voulu venir, mais ils sont tous les deux à l'hôpital, victimes d'une cueillette hasardeuse de champignons !

– Pauvre petit, mon pauvre petit ! »

Gagné ! Son cœur de vieille fille solitaire a fondu. J'ai droit au refrain du courage, du sérieux, du « Ah ! si tous les élèves te ressemblaient » et à la visite guidée et commentée du collège.

Rien que je ne connaisse déjà : les salles de classe, le préau, le gymnase n'ont pas changé d'un iota. Seuls les graffitis sont plus nombreux depuis que les pots de colle ont disparu et que Mlle Yvan, dite la terrible, la principale adjointe, a démissionné.

Ce sont les locaux administratifs, plus exactement le bureau du principal, qui m'intéressent.

Et dans le bureau de Jaime, la clé USB AQPT.1. Ai-je décidé de céder au chantage des ravisseurs ? Je ne sais pas encore ! Mais dans l'immédiat, il me faut remettre la main sur la clé.

Je remercie très chaleureusement Mlle Lara Leuze, quitte le collège par l'entrée principale et me dissimule derrière l'arrêt de bus. Quelques instants plus tard, j'aperçois la secrétaire qui rejoint sa voiture, démarre et file en direction du vieux Sarlat. Le concierge a regagné son logement de fonction : la voie est libre.

Mais les portes, elles, sont fermées. Impossible d'entrer dans le pavillon de l'administration. C'est alors que je me souviens de la blanchisserie. Aujourd'hui désaffectée, elle est contigüe à l'ancien dortoir dont l'intérêt est qu'il communique avec le bureau de M. Lerôme. Or, la blanchisserie, je sais comment y pénétrer !

En trois ans, j'ai un peu forci ; néanmoins j'arrive à me faufiler par le soupirail qui donne derrière le gymnase. C'est avec un petit pincement au cœur que je traverse ces lieux qui, il y a trois ans, ont bien failli être ma dernière demeure.

Le bureau de Jaime est toujours aussi « capharnaümnesque » ! Une truie n'y retrouverait pas ses cochons, une poule ses poussins, une éléphante son éléphanteau et moi la clé USB.

C'est bien pour ça que je l'avais cachée là ! Mais où ? En trois ans les différents tas de papiers administratifs ont grossi, grossi… Certains se sont effondrés, d'autres sont nés et ont proliféré dans les quelques centimètres carrés inoccupés à l'époque.

Cela fait un bon quart d'heure que je farfouille dans cet Himalaya de paperasseries quand j'aperçois un pied émergeant d'un monticule de carnets de notes ! Ciel ! Serait-ce Jaime ? Je m'approche. Un ronflement. Si c'est lui, il est vivant !

Pris d'un fol espoir, je me mets à déblayer frénétiquement les carnets : un deuxième pied, puis… un troisième !… un quatrième… J'hallucine ! Devant moi : six pieds alignés ! Et les ronflements qui s'amplifient !

À qui ces pieds ? Surement à Jaime et à ses ravisseurs ! Que faire ? Pas le choix ! Je me recule de deux pas, je m'arme d'un barreau de chaise et je hurle :

« RENDEZ-VOUS ! VOUS ÊTES CERNÉS ! LES MAINS EN L'AIR ! RELÂCHEZ VOTRE OTAGE ! »

Apparaissent alors trois têtes ébouriffées.

« Frédo ! Gérard ! Jojo ! Qu'est-ce que vous faites là ?

– Jérémy ! Tu es revenu ?

– Ça m'en a tout l'air !

– Julien n'est pas avec toi ?

– Un problème de volant ! Je vous raconterai plus tard. Mais dites-moi ce que vous faites dans ce bureau ? »

Les trois amis se regardent, soudain penauds.

« On s'est perdus, dit Jojo.

– Oui, ajoute Frédo, hier soir, on a décidé de fouiller le bureau de M. Lerôme, au cas où on trouverait des indices, rapport au rapt.

– Résultat : on n'a rien trouvé ! Ni indice ni la porte pour ressortir, précise Gérard. »

Sacrés lascars ! Ils sont là en face de moi, l'air dépité, alors qu'ils me procurent la plus grande joie depuis mon retour : retrouver des amis, des vrais de vrais, sur qui on peut compter en toutes circonstances, jour et nuit. Rare, non ?

Je les rassure. Connaissant la complexité des lieux, j'avais récupéré dans le dortoir une vieille pelote de laine dont j'avais attaché un des bouts à la porte d'entrée. Nous n'avons plus qu'à suivre, tel le spéléologue prudent, le précieux fil, pour nous retrouver dans le dortoir.

Là, remis de nos émotions, et après un bref conseil de guerre, il est décidé que Jojo et Gérard iront au chevet de Julien. Sur ce temps-là, Frédo et moi rendrons visite à Dame Berthe.

On se retrouvera tous à midi, à l'épicerie Sasseratout.

Chapitre 4

LE PLAN SASSERATOUT

Pauvre Dame Berthe ! Elle est méconnaissable ! Encore plus grosse qu'avant sa rencontre avec monsieur Lerôme. Plus grosse et beaucoup plus triste.

Voilà huit jours qu'elle ne dort plus, ne sort plus de sa salle à manger. Huit jours qu'elle ne quitte plus son fauteuil, le téléphone sur les genoux, dans l'espoir d'un hypothétique coup de fil salvateur. Huit jours qu'elle grossit à vue d'œil. Certains maigrissent de chagrin, Dame Berthe, elle, grossit faute d'amour.

Ses yeux, ses joues, son cou sont inondés de larmes. Pourtant, à ma vue, un léger sourire effleure son beau visage. Elle essaie de se lever pour venir m'embrasser, mais elle arrive à peine à décoller de quelques centimètres de son fauteuil. Elle a aussi beaucoup de mal à parler. Alors, je m'approche d'elle, l'embrasse affectueusement et lui dit d'un ton à la fois doux et ferme :

« Cessez de pleurer, Dame Berthe. Je suis là et je vais retrouver très rapidement monsieur Lerôme. J'ai une piste sérieuse qu'explore Julien. (Je sais, je ne devrais pas mentir, mais il est des cas… !) Je vous promets que d'ici demain, vous aurez de ses nouvelles. Juste le temps de vous refaire une beauté. »

Elle sourit tristement, s'ébroue comme un éléphant de mer au sortir de sa sieste et articule péniblement entre deux sanglots :

« Tu es… un bon petit. Snif… Retrouve… le. Je t'en prie. Snif… Sinon je… vais… mourir. »

Même Frédo le Costaud, engoncé dans le canapé du salon, essuie une larme, ému par tant de peine !

« Ne vous en faites pas, Dame Berthe, vous vivrez jusqu'à cent ans. J'ai déjà remis la main sur le programme AQPT.1 et je vais l'échanger contre votre Jaime. (Je ne suis plus à une contrevérité près !)

– Bravo ! me dit Frédo en refermant la porte de la villa de Dame Berthe, bravo, tu remonterais le moral à un troupeau de cafards !

– Peut-être, mais ça ne change rien ; on n'a toujours pas le moindre indice sur le lieu où est détenu Jaime et jamais on ne retrouvera la clé USB.

– Tu oublies le château de Beynac.

– Mouais ! Peut-être ! Je ne suis même plus très sûr que ce soit Phil que j'y ai aperçu.

– Sûr ou pas, insiste Frédo, faut y aller. Il est 11 h 30. On a juste le temps de foncer chez M. Sasseratout. Si ma mémoire est bonne, c'est le jour de sa tournée dans la vallée de la Dordogne. Il nous laissera à Beynac.

– T'as raison, Frédo. Va à l'épicerie. Moi, je passe embrasser mes parents, ma sœur, mon frère, que je n'ai pas encore vus et je vous rejoins. »

Drôle de famille que la mienne : une famille vampirisée par les micropuces ! Heureusement – ou malheureusement – même dans cette famille aseptisée, inféodée à l'ordinateur, les dictons perdurent, surtout ces deux-là : « Tel père, tel fils. » et « Les chiens ne font pas des chats. »

En effet, je les trouve tous les quatre, papa, maman, ma sœur et mon petit frère (2 ans et demi), attablés, chacun dans une pièce devant leur écran 16 pouces, en train de pianoter comme des malades. J'ai en plus la désagréable impression de déranger.

Papa. – Bonjour fiston. Tu as trouvé la maison de Julien Laporte ? (Cela fait deux ans et demi que je lui ai demandé où habitait Julien.)

Maman. – Bonjour mon chéri. Ton voyage scolaire s'est bien passé ? (Oui, mais un peu long : trente mois !)

Sœur. – Bonjour Jérémy… excuse-moi… un twitt urgent…

P'tit frère. – Tiens, on ne m'avait jamais dit que maman avait accouché trois fois ! (Lui aussi est en avance pour son âge !)

Inutile de vous dire que chacun, après ces effusions incontrôlées, s'est replongé illico dans son univers binaire. Pourtant, je les aime bien. Mais qu'ils sont tristes et déshumanisés ! Sûr qu'un jour, je ferai tout pour les désintoxiquer, les désinformatiser. Quelques virus savamment distillés, et ils auront tout le temps de regouter à la vie !

Cette visite ne m'a pas remonté le moral, loin s'en faut. J'arrive dépité chez monsieur Sasseratout où une autre mauvaise nouvelle m'attend. Jojo et Gérard ont téléphoné : impossible pour l'instant de décoincer le volant de la bouche de Julien. Ils restent avec lui et nous rejoindront plus tard.

Heureusement, l'épicier est un homme extraordinaire : mammouth de gentillesse, champion du réconfort, carrefour des générosités, bref une grande surface des bons sentiments.

Et, c'est gonflés à bloc, qu'il nous débarque, Frédo et moi, devant la monumentale porte d'entrée du château de Beynac. Il nous a même donné quelques ustensiles pour capturer Phil Atur au cas où…

Nous optons pour une visite libre du château. Nous commençons par l'inspection des douves et autres fossés, des cours extérieures puis intérieures sans oublier les remparts et le chemin de ronde. Pas la moindre trace de Phil Atur ni de Jaime.

Aussi est-ce sans conviction que nous pénétrons dans le donjon. Sombre et humide mais spacieux. Surtout la salle de garde du rez-de-chaussée, celle

où étaient logés les soldats et leurs chevaux. Vu la grandeur de la table, les convives devaient être nombreux. Plus qu'aujourd'hui. Il n'y a qu'une personne à l'autre bout de la table, mais pas n'importe qui ! Sûr que c'est lui ! Même de dos je n'ai aucun mal ni mérite à le reconnaitre. Il émane de lui toujours autant de bestialité et de brutalité. Oui ! C'est bien Phil Atur.

« J'y vais dit Frédo, en se couvrant d'un grand drap blanc. Planque-toi et prépare-toi. On lance le plan Sasseratout.

– OK ! Mais sois prudent. Il est surement armé et pas malin malin. »

Caché sous la table, je vois Frédo-fantôme qui s'approche à pas de loup de l'espion. Il lui tapote l'épaule. « Crâne dégarni » se retourne, pousse un cri monumental et détale à toute vitesse.

Juste avant qu'il passe devant moi, je balance sur le dallage les cinq litres d'huile que nous a donnés l'épicier. Le résultat est celui escompté : Phil se retrouve les quatre fers en l'air. Il rebondit sur le dos puis sur le ventre et poursuit son chemin tel un exocet, tête la première, direction le mur. Le choc est terrible. Le mur, lui, n'a pas bronché ! Pensez donc, 4 m 50 d'épaisseur ! Phil ne bronche pas non plus ! Il est K.-O., pour un bon moment.

Il nous reste à trouver un endroit plus discret pour y interroger l'espion. Coup de chance, son énorme bedaine est tellement huilée que nous le trainons sans problème jusqu'à la cuisine attenante à la salle de garde. Tout en le tirant, une question nait en moi : « Où peuvent bien être passés ses deux collègues, Bart et Vic ? »

Chapitre 5

CONFESSIONS

« Le fan… le fanto… Le fantôme ! Au sec… Au secours ! »

Le choc a vraiment été terrifiant. Phil a beaucoup de mal à s'en remettre. Il s'est réveillé une première fois, mais a replongé dans le coma dès qu'il m'a vu ! Pourtant il me faut absolument le sortir du cirage : il en va de la vie de Dame Berthe. Aussi je décide d'employer les grands moyens : un bon seau d'eau glacée. Voilà qui lui reconnecte les neurones !

« Que fais-tu ? me demande Frédo qui a quitté son habit de fantôme, en me voyant poser des ventouses sur le front, les tempes et la nuque de Phil.

– Je mets en service le dernier joujou de chez Yamasouri Kéfoutu : le détecteur de mensonges ! »

À ces mots, Phil blêmit encore plus – si cela est possible.

« Écoutez, Phil ! »

Il ne réagit pas. Peut-être qu'il ne s'appelle pas Phil.

« Cher ami. »

Il soulève une paupière et me fixe, hagard.

« Cher ami, je vais vous poser quelques questions. Il est dans votre intérêt d'y répondre sans mentir. Au moindre bip-bip de mon détecteur, notre ami le fantôme viendra vous taquiner. Compris ? »

Il est repris de terribles tremblements mais arrive à me faire comprendre que je peux le croire sur parole. C'est agréable, un espion coopératif ! Remarquez, vu sa position, il n'a pas vraiment le choix ! Je ne vous ai pas dit ? Frédo le costaud a réussi, le temps que je faisais un peu de feu, à enfiler Phil dans l'armure de Richard Cœur de Lion. Armure solidement fixée au mur et qui doit bien peser 90 kg, bon poids !

Mais revenons aux incroyables révélations (pourtant 100 % exactes, pas le moindre bip-bip ne viendra les contredire), que le chevalier Phil me délivre du fond de son armure carcérale.

Moi : Quand avez-vous décidé d'enlever Jaime ?

Phil : Ce n'est pas nous !

Moi : Vous vous moquez de moi ?

Phil : J'te jure, p'tit. On n'y est pour rien.

Moi : Que faites-vous là, alors ?

Phil : C'est notre correspondante locale qui nous a prévenus de son rapt.

Moi : Correspondante locale ! Soyez plus précis.

Phil : Oui. Mademoiselle Lara.
Moi : Lara ! Lara qui ?
Phil : Lara Leuze.
Moi : La secrétaire du principal ?
Phil : Exact, p'tit ! C'est elle qui nous a mis au courant de votre formidable invention.
Moi : Mais, comment a-t-elle su ?
Phil : Très forte, Mlle Lara Leuze. Fait chaud, p'tit, dans cette boite de conserves. J'ai tout dit et pas menti. Laisse-moi sortir.
Moi : Pas si vite. J'ai encore quelques petites questions.
Phil : Je ne répondrai pas !
Moi : Tant pis pour vous, je vous laisse avec le fantôme !
Phil : Non ! NON ! Pas ça, p'tit !
Moi : Arrêtez de m'appeler p'tit !
Phil : D'accord, mon grand.
Moi : Qu'est-ce que vous faites dans ce château ? Et où sont vos acolytes ?
Phil : Sois poli, mon grand ! Mes copains, ils ne boivent pas.
Moi : Acolytes ! Pas alcooliques ! Vos collègues si vous préférez.
Phil : C'est un coup de fil anonyme qui nous a conduits jusqu'au château de Beynac. Le correspondant nous a dit que Jaime y était retenu prisonnier.
Moi : Et vos collègues sont avec lui en ce moment ?

Phil : Mes co… co… Mes coco… Mes collègues (il se remet à trembler ; l'armure fait un bruit épouvantable), mes collègues ont tous les deux disparu. Volatilisés, désintégrés. Mon grand, j'ai peur ! Ce château est hanté !

Moi : Comment êtes-vous sûr qu'ils ont disparu ?

Phil : J'ai retrouvé leurs chapeaux, leurs lunettes noires et leurs revolvers dans les pièces qu'ils fouillaient. Mais eux : volatilisés ! J'ai peur, grand ! Cette affaire est trop grosse pour nous.

Moi : Nous ! Qui nous ?

Phil : J'sais pas.

Moi : Vraiment ! Un petit coup de fantôme ?

Phil : Non ! Pitié ! On connait juste notre chef.

Moi : Vous feriez mieux de me le dire avant de vous noyer dans votre sueur.

Phil : D'accord. Mais après tu me sors de ce sauna !

Moi : On verra. Le nom d'abord.

Phil : T'métik ! Il s'appelle T'métik. Je connais juste son nom. Bon sang ! S'il apprend que je l'ai donné, je suis un homme mort !

Moi : Rassurez-vous, on n'appartient pas au rayon « balances », Frédo et moi !

Phil : J'te crois, mon grand. Mais s'il te plait, j'étouffe ! Va chercher un ouvre-boite et sors-moi de là.

Qu'est-ce que vous auriez fait à ma place ?

Des espions qui disparaissent ! Des coups de fil anonymes ! De vrais faux fantômes ! Et surtout un rapt dont le mystère s'épaissit de plus en plus. Par qui ? Pourquoi ? Quel intérêt de prévenir les trois barbouzes ? Puis de les supprimer ?

Sans parler de Lara Leuze ! Pourquoi m'a-t-elle conduit au collège ? Impossible qu'elle ne m'ait pas reconnu ! Vraiment trop forte ! Qui la prendrait pour une espionne sous ses airs de vieille fille ? Ah ! Elle ne perd rien pour attendre ! Trois ans de vagabondage autour de la planète par sa faute ! Elle va me le payer !

La nuit portant conseil, nous laissons mariner Phil dans son jacuzzi et palabrons une bonne partie de la soirée. Au petit matin notre plan d'action est décidé : libérer Phil, signer un pacte de non-agression et se lancer tous les trois à la recherche de Jaime et des deux espions.

Il accepte tout, trop heureux de ne plus être seul dans ce château hanté !

Chapitre 6

SURPRISE-SURPRISE !

Premier travail : désincarcérer Phil de l'armure de Richard Cœur de Lion. Ce n'est pas une partie de plaisir ! À se demander comment faisaient nos braves et pieux chevaliers quand une envie pressante ou une gastroentérite foudroyante les rattrapait ? Je n'ose imaginer !

Après une heure d'efforts surhumains, de mouvements à faire pâlir un contorsionniste, Phil s'extirpe de sa coquille d'acier. Nous pouvons partir en chasse. Le temps presse. Il est 9 h 15. La première visite débute à 10 heures. Il ne nous reste que quarante-cinq minutes de totale liberté d'action. Il en reste beaucoup moins à Phil !

Nous commençons nos investigations par l'aile droite du château. Phil, lui, est tellement éprouvé par la nuit passée dans l'armure qu'il ressent le besoin d'une courte sieste réparatrice. Le premier lit qui croise son chemin est le bon : il s'y affale et « s'y enronfle » instantanément.

Nous nous donnons dix minutes pour inspecter les salles attenantes ; cela devrait suffire à Phil pour récupérer. Mais à notre retour, il reste juste sur le lit ses lunettes noires, sa ceinture et ses chaussures. Volatilisé ! Comme ses deux collègues !

Alors, je dois vous l'avouer, amis lecteurs, à ce moment-là, moi, le globetrotter intrépide, moi, le surdoué de la puce électronique, moi, le champion du système D, moi ! Jérémy Delordre : je panique à donf ! Frédo itou !

Et nous détalons plus vite encore que vous ne pouvez l'imaginer !

Nous fendons les groupes de touristes puis dévalons le sentier abrupt et sinueux qui rejoint la Dordogne et la route départementale.

Et c'est là, au sortir d'une épingle à cheveux que nous attend la plus incroyable des surprises ! C'est là que nous apercevons… monsieur Lerôme ! Devant nous, trois lacets plus bas, le principal du collège chemine à petits pas, vers Beynac.

« Monsieur, Monsieur Lerôme… ! Attendez-nous ! »

Il se retourne, scrute la colline, la main en visière pour se protéger du soleil matinal.

« C'est moi ! Jérémy. Jérémy Delordre ! Attendez-nous. »

Aussi surpris que nous, Jaime sursaute et s'écrie :

« Moustique ! C'est toi ? Je n'y vois rien avec ce satané soleil. C'est bien toi ? !

– Oui, m'sieur, je fais, en accélérant ma course qui se finit contre sa poitrine.

– Que fais-tu là ? me demande-t-il après une longue accolade.

– Je vous cherchais, m'sieur. Ils vous ont relâché ? Vous vous êtes échappé ? Vous…

– Du calme, Jérémy. »

Lui est étonnamment calme pour quelqu'un qui a été kidnappé, séquestré pendant huit jours, et qui vient juste de recouvrer le grand air et la liberté.

« Du calme. Julien ne t'a rien dit ?

– Julien ?

– Oui, Julien Laporte.

– Non, m'sieur. Il ne m'a rien dit.

– Pas possible qu'il ait avalé la consigne !

– La consigne, je ne sais pas ! Mais le volant, oui ! Je vous expliquerai plus tard. Mais que devait-il me dire ?

– Que je n'ai jamais été enlevé !

– Arrêtez de vous moquer de moi, m'sieur ! »

Frédo, resté silencieux jusqu'à présent, s'approche et demande :

« Vous ne voulez pas être un peu plus clair, monsieur Lerôme ? On a eu une nuit assez difficile.

– Non, Moustique ! Je n'ai jamais été enlevé ! C'est moi qui ai manigancé tout cela. Moi, avec l'aide de Julien Laporte et de sa charmante épouse : ce sont eux les vrais auteurs du faux rapt. Julien devait tout te dire à ton retour, mais pas avant d'être dans le château. Tu ne peux pas imaginer comme je suis heureux de te voir là, en face de moi. Le rapt, c'est le seul moyen que j'ai trouvé pour te faire revenir : j'étais sûr que tu ne m'abandonnerais pas. Je sais… j'ai dû rendre Dame Berthe très malheureuse. Mais rassure-toi, je l'aime toujours autant. Je ne pouvais pas la mettre dans la confidence. Ni elle ni tes trois amis du collège : trop dangereux !

Je savais que ton retour serait suivi de celui des trois « James Bond ». Ce que je n'avais pas prévu, c'est qu'ils arriveraient avant toi ! Aussi, quand je les ai vus, devant le collège, en grande discussion avec ma secrétaire, j'ai pris le taureau par les cornes. Je leur ai passé un coup de fil, anonyme cela va de soi, leur précisant que j'étais détenu dans le château de Beynac. Ils ont tout de suite mordu à l'hameçon et ils ne nous gêneront plus !

Mais ne me regarde pas avec cet air effaré ! Je n'ai encore tué personne. Disons qu'ils se sont autodétruits. J'ai pour amis le conservateur et l'archiviste du château. Ils sont, tous deux, amateurs éclairés de sciences occultes. De plus, ils adorent jouer les fantômes. Résultat : ils ont tellement effrayé nos amis espions que ceux-ci en ont perdu connaissance. Ils les ont alors transportés dans le souterrain qui part du donjon. Souterrain, je devrais plutôt dire : labyrinthe ! À mon avis, ils n'en sortiront jamais ! Ils ont capturé le dernier ce matin sans avoir besoin de l'effrayer : il dormait déjà. Laisse-moi te dire maintenant, Moustique, pourquoi il fallait absolument que tu reviennes… »

Chapitre 7

FCQJV

C'est dans sa voiture, entre Beynac et Sarlat que Jaime éclaire notre lanterne.

Il y quelques mois de cela, il avait craqué : il s'était remis à pianoter sur son clavier d'ordinateur. Bien sûr, ce qui devait arriver arriva ! Monsieur Lerôme rebricola un programme AQPT.1. Pour quelles raisons ? Allez savoir ! Il coulait des jours heureux avec Dame Berthe. Quel besoin avait-il d'aller espionner les pensées des autres professeurs ou élèves du collège ?

Le programme resta imparfait et donc inutilisable jusqu'au jour où fut nommé dans le collège un nouveau professeur de mathématiques. Un professeur franco-tchèque, d'origine anglaise, prénommé Harry. Celui-ci venait suppléer l'absence de ce bon Vincent Timètre, victime d'une chute impromptue et inexplicable de la partie du plafond située au-dessus de son bureau. Ah oui !

J'allais oublier de vous préciser le nom de famille du nouveau prof de maths ! T'métik, évidemment. Harry T'métik ! Le patron des trois « James Bond ».

Le loup venait d'entrer dans la bergerie. Un loup affable, travailleur et très compétent. Un loup qui sympathisa rapidement avec monsieur Lerôme et qui n'eut aucun mal à finir de mettre au point le programme AQPT.1.

Arrivés au collège, Jaime me tend deux feuillets sur lesquels sont imprimées les pensées de deux cobayes bien involontaires d'AQPT.1, preuves irréfutables que le programme AQPT.1 est de retour !

15/09 – 9 h 27 – Salle 6 – 4e C
Hervé Gétal, professeur de SVT

QUELLE RENTRÉE ! ILS N'ONT PAS L'AIR PLUS DÉGOURDIS QUE L'AN PASSÉ. LES VACANCES N'EN ONT PAS FAIT DES PETITS EINSTEIN !
COMMENT JE VAIS M'Y PRENDRE POUR LES INTÉRESSER À LA BIO ? JE ME DEMANDE SI CEUX QUI FONT LES PROGRAMMES ONT DÉJÀ MIS LES PIEDS DANS UNE CLASSE OU S'ILS ONT EU DES MÔMES DE TREIZE ANS…
TIENS ! ET SI JE COMMENÇAIS PAR UN TOPO SUR LE SIDA ? ÇA POURRA TOUJOURS LEUR SERVIR, SURTOUT QUE CERTAINS N'ONT PAS L'AIR EN RETARD POUR TOUT… ET PUIS SI JE FAIS CE BOULOT, C'EST QUE JE LES AIME BIEN. ALORS FAUT LES PROTÉGER !

30/09 – 12 h 03
Bureau de l'Intendant, G. Encorfin

JE NE PEUX PAS FAIRE MIEUX ! LE PRIX DES REPAS EST LE MÊME QUE CELUI DE L'AN PASSÉ. D'ACCORD, C'EST ENCORE PLUS MAUVAIS, MAIS JE N'AI PAS AUGMENTÉ MON PRIX REPAS, ET PUIS ILS NE SONT JAMAIS CONTENTS !
« C'EST PAS BON, IL N'Y EN A JAMAIS ASSEZ ! » QU'ILS DISENT.
LES JEUNES D'AUJOURD'HUI NE SONT PAS LOGIQUES ! LA PREUVE :
SI CE N'EST PAS BON, IL Y EN A TOUJOURS ASSEZ !
S'IL N'Y EN A PAS ASSEZ, C'EST QUE C'EST BON !
D'AILLEURS ILS N'ONT QU'À FAIRE COMME MOI… LE RÉGIME.

Mais vous pensez bien que Jaime ne m'a pas fait revenir juste pour me dire qu'il avait recréé AQPT.1 !

Un matin qu'il s'apprêtait à espionner Gérard Mandébobo, le médecin scolaire, l'écran de l'ordinateur se mit à clignoter puis apparut la question suivante :

VOULEZ-VOUS AVOIR ACCÈS AU PROGRAMME DÉRIVÉ ?
OUI - NON ?

OUI, pianota Jaime. S'afficha alors le sigle FCQJV. Quand il voulut pénétrer plus avant dans le logiciel, la machine lui demanda son code d'accès. Jaime eut beau essayer diverses combinaisons, rien n'y fit. L'écran se brouilla, le programme s'interrompit.

Jaime convoqua immédiatement M. T'métik. Ce dernier fit d'abord l'étonné puis se mit dans une rage noire. T'métik d'ordinaire si calme, si poli, si respectueux, hurla, vociféra, attrapa le principal par le col de sa chemise, le tira, le souleva, le secoua comme un prunier et, pour finir, l'obligea à lui remettre la clé USB contenant les deux programmes.

Dès qu'elle fut en sa possession, le professeur de mathématiques quitta le bureau en menaçant :

« Avec ces programmes, je vais devenir le maitre du monde. Plus rien ne m'arrêtera ! Et pour commencer, Sarlat et les Sarladais vont disparaitre de la surface terrestre ! »

Harry T'métik ne remit plus jamais les pieds au collège. On ne revit pas non plus son collègue d'histoire, monsieur Paul Éolitik, lui aussi d'origine franco-tchèque, et qui avait pris ses fonctions le même jour. Quand le principal signala leur absence au rectorat, on lui répondit que ces deux messieurs n'avaient jamais fait partie de l'Éducation nationale.

Voilà ce que nous a avoué M. Lerôme. Voilà la cause de toute cette mise en scène, la seule vraie raison de mon retour : l'aider à retrouver T'métik et la clé USB avant qu'il ne mette ses menaces à exécution.

« Qu'est-ce que cela peut bien vouloir dire : F.C.Q.J.V. ? demande Frédo qui, tout en suivant les explications de Jaime, a téléphoné à Jojo et Gérard, toujours à l'hôpital avec Julien.

– Je ne sais pas, mon garçon. J'ai beau me creuser la cervelle, je ne comprends pas.

– En tout cas, dis-je, il est plus qu'urgent que vous alliez rassurer Dame Berthe. Soyez tout de même prudent ! Attention au choc quand elle va vous voir ! Frédo, toi tu te débrouilles comme tu veux, mais il te faut neutraliser mademoiselle Lara Leuze et la ramener ici : j'ai quelques questions à lui poser ! Quant à moi, je vais voir si Julien s'est décidé à changer de dentier ! Rendez-vous à 19 heures, dans votre bureau. »

Chapitre 8

SACRÉE LÉA

« Tu es sure de ce que tu me dis ?

– Absolument ! Aussi sure que je te vois, Jérémy !

– Ils ont traversé le hall de l'hôpital comme des robots ?

– Oui, comme des robots !

– Sans te voir ?

– Exact ! Sans voir personne d'ailleurs. L'infirmière en chef et le docteur ont essayé de les arrêter, mais ils les ont violemment écartés. Ensuite, ils ont quitté l'hôpital en marchant droit devant eux, de façon mécanique.

– Tu as peut-être rêvé ?

– Arrête de me prendre pour une folle ! On rêve en ce moment ? »

Non, on cauchemarderait plutôt ! Je suis bien obligé de reconnaitre que la chambre 113 est vide, absolument vide. Seul traine, au pied de l'armoire, le volant fatigué et mâchouillé de la 2 CV de Julien.

C'est en venant rejoindre son ami Gérard que Léa Rico s'est aperçue la première que la chambre 113 était déserte. Elle a prévenu l'infirmière de garde et la standardiste à l'accueil. Le personnel soignant a alors fouillé l'hôpital de fond en comble, sans succès. C'est au moment même où ils venaient d'interrompre les recherches que Julien, Gérard et Jojo sont sortis de nulle part et ont traversé le hall, renversant tout sur leur passage, tels des robots téléguidés. Cela juste avant que j'arrive !

Léa, si belle, si fine, si gaie, si intelligente, si décidée, Léa est inconsolable. Elle est en pleurs dans mes bras. Elle l'aime tellement son Gérard !

Aussi agréable que soit ma position, il me faut prendre une décision :

« Je retourne au collège. Il est 18 h 30.

– Je te suis, hoquette Léa, entre deux sanglots. Je veux t'aider à le retrouver.

– Mais, cela peut être dangereux !

– Et alors ! C'est parce que je suis une fille que tu dis ça ? Tu crois que j'ai peur ?

– Ben… non…

– Alors tais-toi… En route ! »

Je n'ai plus qu'à obéir. Sacré caractère, Léa !

Quand nous arrivons au collège, Jaime est déjà là. Ses retrouvailles avec Berthe Alagrosse n'ont pas dû très bien se passer. Ses yeux, d'habitude vifs et riants, sont éteints ; sa minuscule bouche disparait totalement sous son nez tomate ; son visage est prêt à éclater : on dirait toujours un ballon de basket, mais qui vient de recevoir un monumental coup de pied de mammouth ! Même sa barbichette, si artistiquement taillée, est en déroute.

« Dame Berthe vous a mis à la porte ?

– Au contraire, Jérémy. Elle ne veut plus me lâcher. Elle dit que si je ne reviens pas dans la soirée, elle va se tuer.

– Mais alors, m'sieur, la vie est cool ! fait Léa que j'ai mise au courant durant le trajet hôpital-collège.

– Léa a raison, m'sieur. Rejoignez-la vite !

– Mais, objecte Jaime en relevant la tête, et l'enquête ? Et ce fou de T'métik ? Et le programme FCQJV ? Je n'ai pas le droit d'abandonner, c'est moi le premier responsable.

– Ne vous affolez pas, m'sieur ! Je suis là. C'est pour ça que vous m'avez fait revenir. Alors, soyez tranquille. Avec les trois lascars, Julien et Léa, nous allons nous occuper de ce doux dingue de T'métik. Courez auprès de Dame Berthe, prenez soin d'elle. Je vous promets que d'ici demain soir, l'affaire sera réglée. »

Jaime retrouve son sourire. Il nous embrasse et vole auprès de sa chère et tendre. Que c'est beau l'amour !

Entre Frédo et Mlle Lara Leuze, ce serait plutôt l'amour… vache ! Ils arrivent bras dessus, bras dessous, cinq minutes après le départ de Jaime.

Enfin, quand je dis bras dessus, bras dessous, il faut que je précise : Frédo a les bras sur les épaules de Mlle Lara Leuze qui, elle, a ses bras sous ses propres genoux, mains attachées, ce qui lui donne une démarche de canard que l'on vient de gaver, et lui empêche par la même occasion de prendre la poudre d'escampette.

« Je l'ai eue ! Mais ça n'a pas été facile, s'écrie Frédo en poussant la secrétaire dans le bureau de Jaime.

– Bravo, Frédo ! On va tout de suite la soumettre à la question.

– Pas la peine, Jérémy ! m'interrompt Frédo. Elle ne parlera pas. J'ai tout essayé. Elle est d'une autre trempe que Phil ! Beaucoup plus coriace. »

Au nom de Phil – mon espion préféré – les yeux de Lara Leuze sont prêts à sortir de leur orbite, ses joues se gonflent, ses cheveux se hérissent. Elle pousse un grognement terrifiant malgré le bâillon que lui a passé Frédo.

« Oui, pas la peine de perdre notre temps, j'ai tout essayé pour la faire parler.

– Tout ?

– Absolument tout ! Je lui ai chatouillé les aisselles avec une plume d'autruche. Je l'ai assise dans une fourmilière. Je lui ai fait avaler un kilo de foie gras d'oie. Je lui ai même chanté une chanson de Lady Gaga !

– Elle n'a rien dit ?

– Pas un mot !

– Alors là, Frédo, t'as raison ! Elle ne parlera pas. Trop dure au mal.

– Attendez, les garçons ! J'ai une idée, dit Léa. Et si on… »

À ce moment-là, la porte du bureau de Jaime vole en éclats, pulvérisée par Julien, Jojo et Gérard. Ils sont méconnaissables : la mâchoire inférieure crispée, les yeux exorbités, les traits creusés. Il se dégage de chacun d'eux une force bestiale. Pas le temps de leur dire un mot !

Julien projette Frédo par la fenêtre, Gérard enferme Léa dans un placard le temps que Jojo me ficelle au radiateur. Puis, tous les trois détachent la secrétaire et lui enlèvent son bâillon.

« Bravo jeunes hommes ! Merci ! Je ne sais pas qui vous êtes, mais je vois que FCQJV fonctionne à merveille ! En route ! Rejoignons le Q.G. d'Harry T'métik. Le monde est bientôt à nous ! »

« Jérémy ! Sors-moi de ce placard. J'étouffe ! Jérémy ! J'ai compris ce que voulait dire FCQJV. »

Bien gentille, Léa ! Mais qu'elle vienne d'abord défaire le nœud de la corde qui me relie au radiateur. Heureusement, Frédo, qui a atterri au milieu des hortensias, a recouvré ses esprits. Il nous délivre en un tour de main. Un Frédo abasourdi qui constate :

« Ils sont devenus fous ! Qu'est-ce qui leur a pris ? Pourquoi ont-ils libéré Lara Leuze ?

– Je ne sais pas. Je n'y comprends rien. Ils nous ont frappés et ils jouent le jeu de M. T'métik.

– Remettez-vous, les garçons. Ils n'y sont pour rien, dit Léa.

– Tu te moques de nous ? soupire Frédo.

– Non ! Ils sont téléguidés.

– Téléguidés ?

– Téléguidés ! Oui, télécommandés. Par T'métik et son programme FCQJV.

– Écoute Léa, dit Frédo, tu ne voudrais pas être un petit peu plus claire ?

– Dans le placard, tout à l'heure, j'ai eu le temps de réfléchir et j'ai trouvé ! FCQJV signifie : Fais Ce Que Je Veux. Ils ne sont plus maitres de leurs actes ; ils sont sous le pouvoir de T'métik. Ils obéissent à ses ordres à distance.

– Tu es géniale, Léa ! je m'écrie. Fais Ce Que Je Veux ! Mais où est son quartier général ?

– Ça, mon petit Jérémy, il n'y a qu'une solution pour le savoir : les retrouver au plus vite et les suivre sans se faire remarquer. Ils nous mèneront dans la gueule du loup. »

Alors là ! J'en suis baba ! Cloué sur ma chaise ! Cette Léa, une vrai Mata Hari ! Si toutes les filles sont comme elle, le monde est sauvé. Par contre je n'apprécie pas trop qu'elle m'appelle « mon petit Jérémy ». Enfin passons ! Si elle a raison, je veux bien tout lui pardonner.

Chapitre 9

CONDAMNÉ À MORT

Pas difficile à retrouver les trois robots et notre espionne en jupons ! Il faut dire qu'ils ne font rien pour passer inaperçus. À croire qu'ils sont déjà les maitres de la ville !

Nous les rejoignons et les prenons en filature en bas du collège. Ils se dirigent vers le vieux Sarlat. De temps en temps, Mlle Lara Leuze donne un ordre auquel nos trois amis obéissent instantanément. Là, ils renversent une poubelle ; ici, ils brisent une vitrine ; plus loin, ils détruisent un Abribus.

Cinq minutes plus tard, alors que nous nous sommes cachés derrière la porte de la cathédrale Saint-Sacerdos, il se produit sur la place un évènement incroyable : Mlle Lara Leuze se précipite vers trois touristes nippons ; elle les harangue et leur demande de la suivre. Elle place ensuite chacun d'eux devant Gérard, Jojo et Julien. Au bout de quelques secondes, les Japonais se mettent à tourner autour des garçons comme des caniches autour de leur mémère! Puis ils se rangent derrière leurs nouveaux maitres et imitent tous leurs gestes et actes.

De notre cachette, nous voyons le groupe tagger l'hôtel de La Boétie, où naquit en 1530, le plus célèbre des enfants de Sarlat.

« Je ne peux pas laisser faire ça! s'écrie Léa. Tant pis, j'y vais.

– Ne bouge pas! lui ordonne Frédo. Il ne faut pas se faire repérer.

– Il a raison, insisté-je. Ils vont nous capturer et nous ensorceler. »

Léa se calme, mais pas la troupe de plus en plus nombreuse. Ils envahissent le Saint-Albert, haut lieu de la cuisine périgourdine, temple du magret farci au foie gras et de l'omelette aux truffes. Méthodiquement et sans un mot, ils dévastent cuisines et salles à manger. Puis, sur un ordre de Mlle Lara Leuze, la troupe emprunte la rue Montaigne et se dirige vers la Lanterne des Morts, drôle de bâtisse du 12e siècle, en forme de suppositoire géant.

Et moi avec. Je me suis glissé au milieu des touristes hypnotisés, ensorcelés. Frédo et Léa, quant à eux, se sont cachés dans un petit bosquet, juste à côté de la Lanterne des morts. Pas la peine de tous nous retrouver prisonniers de T'métik, si l'affaire tourne mal!

Quand nous pénétrons dans le « suppositoire », à ma grande surprise, la pièce unique est totalement vide. Le groupe, d'un seul bloc, s'y arrête. Tous s'assoient en tailleur, mains sur les genoux. J'agis de même. Seule, Mlle Lara Leuze se dirige vers une pierre du mur, plus grosse que les autres. Elle la pousse légèrement. Aussitôt s'ouvre sous ses pieds un passage souterrain dans lequel elle s'engouffre.

J'attends quelques secondes puis me lève et me promène entre mes camarades d'infortune. Aucun ne réagit, ni même ne me suit du regard ! Ils sont totalement dépendants de T'métik et de son programme FCQJV.

Je m'approche de Julien, Gérard et Jojo :

« Eh ! les gars ! C'est moi, Jérémy. Réveillez-vous. Il faut sortir de là ! »

Aucune réaction.

« Gérard ! Réponds-moi. Léa t'attend dehors. Léa, tu comprends ? Léa ! Ta petite souris ! »

Les yeux hagards, semblant fixer un point imaginaire, tous les trois m'ignorent superbement. J'hésite un court moment, puis m'enfonce dans le passage souterrain que Lara Leuze a laissé ouvert. Au bout de quelques mètres, un rai de lumière s'échappe entre les planches disjointes d'une vieille porte. Derrière, on parle :

« Alors, Paul ! Fameux mon programme !

– Fameux, Harry ! Vraiment fameux !

– Je n'ai eu aucun mal à te faire délivrer. J'ai juste pianoté sur mon clavier. RETROUVER PAUL ET LE DÉLIVRER. Nos trois premiers cobayes sont aussitôt partis à ta recherche.

– Ils ont été très efficaces.

– Sur le chemin du retour, j'ai pianoté quelques autres ordres. J'espère qu'ils ont tous été exécutés ? Regarde la liste est encore sur l'écran.

– Exact ! Tout a été parfaitement réalisé : DESTRUCTION DE L'ESCALIER EN BOIS DE L'HÔTEL PLAMON, TAGUAGE DE LA MAISON DE LA BOÉTIE, SACCAGE DU RESTAURANT SAINT-ALBERT.

– Tu oublies l'essentiel, Paul !

– L'essentiel ?

– L'essentiel, oui ! Ont-ils à leur tour hypnotisé d'autres personnes ?

– Tout à fait, Harry ! Il y a plus de vingt-cinq cobayes qui attendent tes ordres, dans la salle du haut. »

Je m'approche un peu plus de la porte ; une mince fissure verticale me permet de voir enfin T'métik, trônant devant son méga-ordinateur. Ciel ! C'est un monstre ! Il est horrible ! Son visage est parcouru de tics impressionnants : ses yeux se ferment à tour de rôle, sa bouche ondule comme les vagues un jour de tempête, ses cheveux se dressent sur son crâne bosselé et ses oreilles bougent en permanence.

« Parfait, tout marche à merveille ! D'ici trois jours je suis le maitre de Sarlat, dans une semaine le maitre du Périgord et avant la fin novembre, la France entière sera sous ma botte ! Dis-moi, qu'est devenu ce Jérémy de malheur ?

– Pour l'instant, il est prisonnier au collège, attaché à un radiateur. Mais il est trop dangereux, il va falloir que tu commandes à tes cobayes de l'É-LI-MI-NER ! »

Je ne sais pas s'il vous est déjà arrivé d'entendre votre propre condamnation à mort ? Ni quel effet cela vous a fait ? Moi en tout cas, ça m'a refroidi et donné des ailes ! J'ai pris mes jambes à mon cou, remonté la galerie souterraine, traversé la salle aux cobayes et rejoins Frédo et Léa dans leur cachette.

Deux minutes pour récupérer, trois pour les mettre au courant de l'immense danger qui nous guette, moi en premier, et je les abandonne à leur bosquet. Pas par lâcheté ! Non ! Mais par nécessité. Nécessité d'aller chez moi récupérer un disque dur externe dans lequel j'ai stocké des milliers de virus informatiques, tous plus destructeurs les uns que les autres. Ma seule chance de sauver à la fois ma peau et le monde est de dénicher dans ce panier de virus, l'anti FCQJV.

Chez moi, comme d'habitude, tous sont devant leurs ordinateurs. Pas la peine de perdre du temps en embrassades ! Je vais directement dans la chambre de mon petit frère et lui demande s'il sait où est la clé V.I.R.U.S. ?

« Elle est là, fait-il, en me montrant la table de nuit. Mais surtout ramène-la moi. Depuis que tu me l'as prêtée, j'ai mis en carafe l'ordinateur central des Impôts, celui des P.V. et plein d'autres. C'est super-méga-cool !

– Promis, p'tit frère ! Je te la ramène. Enfin… j'espère ! »

Chapitre 10

COBAYES ?

Je ne tiens plus en place ! Depuis que Léa, munie de la clé V.I.R.U.S., est entrée dans la Lanterne des Morts, il y a dix minutes de cela, j'ai au moins fait cent fois le tour du bosquet derrière lequel nous sommes censés nous cacher.

« Arrête de bouger, Jérémy ! Tu vas nous faire repérer.

– J'peux pas ! Frédo. J'peux pas ! J'aurais dû y aller.

– Ne t'inquiète pas ! Léa est rusée. Et puis, on n'avait pas le choix : Mlle Lara Leuze nous connait ; elle ne nous aurait jamais laissé approcher de T'métik et de son méga-ordinateur. »

Il a raison, mais quand même ! Si dans cinq minutes, elle n'est…

La voilà ! Ouf… ! Mais drôle de mine, Léa !

« Ça y est ! Il a les V.I.R.U.S. ? demande Frédo.

– Oui… enfin non ! Il ne m'a pas cru. Pas complètement, en tout cas.

– Explique-nous, s'il te plait !

– Pas facile, les garçons ! En plus j'ai surement fait une bêtise. Vous n'allez pas vouloir !

– Vouloir quoi ? s'inquiète Frédo.

– Jouer les cobayes, marmonne Léa, sans nous regarder. »

Là, je crois que je comprends ! T'métik n'a que mordu à l'hameçon. Maintenant, il va falloir le ferrer, avec Frédo et moi dans le rôle des asticots ! En attendant, il me faut rassurer Léa.

« Dis-nous ce qui s'est passé. On décidera à la fin de ton récit. »

Elle s'assoit, remet un peu d'ordre dans ses idées et raconte :

« J'ai scrupuleusement respecté notre plan. En traversant la salle, j'ai lancé du poil à gratter dans le dos de plusieurs cobayes. Le temps que j'arrive à la salle de commandes, ils gesticulaient dans tous les sens, se frottaient les uns contre les autres. T'métik, devant son écran, essayait de les calmer en leur intimant l'ordre de s'asseoir ou de s'allonger :

> *– Je ne comprends pas Paul ! Que se passe-t-il ? Ils ne m'obéissent plus ! Pourquoi disjonctent-ils ?*

J'ai eu beau chercher dans la pièce : pas de Paul ! À qui parlait donc l'écœurant T'métik ? À son ordinateur ? À son clavier ? À…

> *– Je ne sais pas, Harry, a répondu… Mlle Lara Leuze d'une voix grave.*

Oui, les garçons ! Mlle Lara Leuze est un homme ! Mlle Lara Leuze et Paul Éolitik sont la même personne. Mlle Lara Leuze n'existe pas.

– Moi je sais ! Votre programme a des ratés ! ai-je dit en m'avançant.

– Paul ! Qui est cette petite peste ? Que fait-elle dans cette salle ? Pourquoi n'est-elle pas là-haut avec les autres ?

– Je suis qui je suis ! En tout cas, ce que je sais, c'est que sans moi, vous ne deviendrez jamais le Maitre du Monde !

Là, j'ai cru que T'métik allait s'étrangler ! Il est devenu écarlate et encore plus laid.

– Co… comment connais-tu mes intentions ?

– Peu importe ! Je les partage. Le problème c'est que votre programme FCQJV n'est pas au point ! Pour qu'il soit fiable à 100 %, il vous manque ceci !

Je lui ai lancé le disque dur sur son bureau. Il allait la glisser dans son ordinateur quand son collègue, qui avait enlevé sa perruque, s'est écrié :

– Méfie-toi, Harry ! Je la reconnais ! Cette fille était dans le bureau de Lerôme.

Là, j'ai pas hésité.

– Bien sûr ! Je suis la nièce de monsieur Lerôme ! Je me suis servi de Jérémy pour mettre au point le contenu de ce disque dur. Mais croyez-moi, je le hais. Jérémy ne le sait pas, mais je le hais !

– Tu pourrais nous prouver ce que tu dis ? a ricané Paul Eolitik, qui avait ôté le masque en élastomère de la vieille secrétaire.

– Oui, a poursuivi T'métik, va donc chercher Jérémy et son copain. Je garde le disque dur, je l'essaierai sur eux deux. File et reviens vite. Ne

t'amuse pas à prévenir la police, sinon dès que je vais avoir calmé mes cobayes, je leur donne l'ordre de vous EX-TER-MI-NER. D'ailleurs, ils me paraissent moins excités !

Le poil à gratter commençait à faire moins d'effet. Aussi, je n'ai pas cherché à ruser davantage. Voilà, je crois que je n'ai rien oublié. Qu'est-ce qu'on décide ? » demande Léa, qui a repris des couleurs.

Pas question de se défiler ! Faut y aller ! Mais pas dans n'importe quelles conditions : on va se faire conduire !

« Léa, dis-je, va prévenir ces deux bandits que nous sommes inanimés devant la porte.

– Inanimés ?

– Oui : ils doivent croire que tu as réussi à nous administrer un somnifère. Ils vont envoyer deux ou trois de leurs robots nous chercher. Après, ce sera à nous de jouer ! »

Chapitre 11

V.I.R.U.S.

« Attention de ne pas t'endormir, me prévient Frédo. À mon signal, il faudra agir très vite ! Chut ! On vient ! Bonne nuit… »

Nous sommes soulevés de terre sans ménagement. Dans la salle, les cobayes se grattent de plus belle : Léa a redistribué quelques kilos de poil à gratter ! L'atterrissage est brusque. Nos deux porteurs nous laissent tomber comme de vulgaires sacs postaux. Je dois serrer les dents pour ne pas crier.

« O.K., Harry ! La gamine a tenu parole. Les deux zigotos sont là. Ils dorment de bon cœur. On attache Jérémy au fauteuil et on…

– Cinq minutes, Paul. Je suis en train de reprogrammer un de mes trois premiers cobayes. Petite, approche-toi. Tu vas taper ce que je te dirai. »

J'ouvre discrètement un œil : Julien Laporte est installé – attaché plus exactement – à un fauteuil, pieds et poings liés. Face à lui, une énorme caméra. De la caméra partent des dizaines de fils, tous reliés à l'ordinateur central.

« Je lance AQPT.1 », dit Harry.

L'imprimante ne bronche pas.

« Parfait ! Toujours incapable de penser. On va obtenir de vrais légumes ! Totalement décérébrés.

– Mise en route de FCQJV. »

La caméra s'approche de Julien, navigue tout autour de son crâne pendant trois à quatre minutes.

« Test n° 1 : Aboiements de chien. »

Léa pianote les trois mots. Aussitôt, Julien se met à aboyer comme un chien-loup féroce.

« Test n° 2 : Destruction des liens. »

Le plus tranquillement du monde, Julien se lève de son fauteuil. Les liens en cuir qui le retenaient prisonniers se brisent comme fétus de paille.

« Test n° 3 : Réveil des deux empêcheurs de tourner en rond. »

Léa hésite à taper cet ordre. T'métik et Paul, menaçants, s'approchent d'elle. C'est le moment que choisit Frédo pour se mettre à ronfler. Le signal ! Il se précipite sur les deux malfaiteurs, qui n'ont pas le temps de se retourner. Une manchette du plat de la main sur la nuque, et les deux sont K.-O. : c'est ça, Frédo le costaud !

Moi, je suis déjà devant le clavier. Sur l'écran, Léa a laissé l'ordre : Couché, calme ! Ce que fait Julien. Il s'assoit sur le fauteuil, en chien de fusil.

« Voilà la clé V.I.R.U.S., me dit Léa.

– Va voir Gérard, si tu veux. J'en ai pour un petit moment. Trouver le bon virus ne va pas être simple.

– Tu as tout ton temps, me dit Frédo. Ils ne nous embêteront pas de sitôt. »

Il a raison. Il a mis les deux pseudos-professeurs dos à dos et les a ficelés comme un rôti de bœuf. Puis il a fixé sa sculpture vivante à la poutre de soutènement.

J'ai dû batailler ferme. T'métik est un fichu informaticien. Son programme FCQJV, sacrément protégé. Mais j'ai réussi ! Grâce à un des cocktails dont j'ai le secret. Quand aucun virus n'est efficace, il suffit parfois d'en marier quelques-uns entre eux, ce que j'ai fait. À la troisième préparation, FCQJV s'est ratatiné ; toutes ses données ont disparu de l'écran ; le tout, suivi d'une mini explosion de la forme d'un champignon nucléaire.

« Nous voilà débarrassés !

– Même s'ils ont fait des copies ? s'inquiète Frédo.

– Pas de problème ! Le virus anti FCQJV a pénétré tous les ordinateurs de la planète. Dès qu'il repérera à nouveau ce programme, il le détruira immédiatement.

– Tu ne sabotes pas AQPT.1 ? me demande Frédo.

– Tout à l'heure. Amène la caméra, on va s'en servir une dernière fois. »

Frédo a compris. Il place discrètement l'objectif devant T'métik, qui a recouvré ses esprits. Aussitôt l'imprimante crépite.

Je vous épargne le premier feuillet, noirci d'injures et autres insanités à notre égard. Par contre, le deuxième feuillet est STUPÉFIANT… !

Chapitre 12

LE BIG BOSS

30/10 – 21 h 27 – Lanterne des morts
Harry T'métik – 2ᵉ feuillet

… TOUT MARCHAIT TROP BIEN ! LE BIG BOSS AVAIT TOUT PRÉVU. TOUT, SAUF QUE CES GAMINS SERAIENT AUSSI TEIGNEUX ! NOUS VOILÀ DANS DE BEAUX DRAPS ! COMMENT LE PRÉVENIR ? IL DOIT TOUJOURS ÊTRE CHEZ B.A. POURVU QU'ILS N'AIENT PAS SABOTÉ DÉFINITIVEMENT FCQJV. ! QUE PEUT BIEN CONTENIR LE DISQUE QUE CETTE PESTE NOUS A APPORTÉ ? AIE, J'AI MAL À LA TÊ…

T'métik s'est à nouveau évanoui.

« Dis donc, Jérémy, qu'est-ce que tu en penses ?

– T'métik n'est pas le cerveau de l'opération ; il y a un grand chef.

– Oui, mais qui ?

– Aucune idée ! »

L'imprimante se remet en route :

ON S'EST LAISSÉ AVOIR COMME DES BLEUS ! LA FAUTE À CETTE FILLE : ELLE N'ÉTAIT PAS PRÉVUE AU PROGRAMME. BEAUCOUP PLUS MALIGNE QUE LES GARÇONS ! À SE DEMANDER D'OÙ ELLE SORT ?
RAGEANT ! TROP RAGEANT ! HEUREUSEMENT ILS N'ONT AUCUNE PREUVE CONTRE NOUS. ILS VONT BIEN ÊTRE OBLIGÉS DE NOUS RELÂCHER. JAMAIS PERSONNE NE POURRA CROIRE NI MÊME OSER IMAGINER NOS INTENTIONS : TRANSFORMER LES GENS EN ROBOTS DOCILES ET DÉCÉRÉBRÉS, PUIS GRÂCE À EUX, DEVENIR LES MAITRES DU MONDE ! TRÈS FORT LE BIG BOSS ! LE BIG BOSS !...

T'métik se met à trembler de tous ses membres. Malgré le bâillon, ses dents claquent. Sa respiration s'accélère. Ses yeux sont prêts à sortir de leur orbite.

IL VA NOUS ÉLIMINER ! C'EST SÛR ! DÈS QU'IL SAURA QU'ON A ÉCHOUÉ IL FERA COMME AVEC BART, PHIL ET VIC.
JE PRÉFÈRE ENCORE TOUT AVOUER À LA POLICE ! OUI, SI ON NE SORT PAS DE CE PIÈGE AVEC LE PROGRAMME INTACT, IL VA NOUS TUER !

Moi aussi, je tremble. Pas de peur, mais de fureur !

« Calme-toi, Jérémy ! me dit Frédo. Il ne pourra pas s'échapper. Je suis un as du ligotage.

– C'est pas ça Frédo. Lis ! Tu vas comprendre ! »

... TROIS ANS POUR LE FAIRE REVENIR, MÊME QUE C'EST MOI QUI AI EU L'IDÉE DE LA LETTRE ! PETIT À PETIT IL A DÉCOUVERT TOUT CE QU'ON VOULAIT QU'IL DÉCOUVRE : IL A FONCÉ COMME

PRÉVU ! IL NE RESTAIT PLUS QU'À LE PLACER SUR LE FAUTEUIL ! LÀ ! ET C'ÉTAIT GAGNÉ !

« J'ai compris, me chuchote Frédo. Il parle de toi. Tu es manipulé depuis ton retour !

– Oui, même depuis mon départ précipité d'il y a trois ans.

– Mais par qui ? Pourquoi ?

– J'ai bien peur de le savoir ! »

JÉRÉMY S'ASSEYAIT DANS CE FAUTEUIL, FACE À LA CAMÉRA...
BINGO !
QUELLE ERREUR DE NE PAS L'AVOIR INSTALLÉ DIRECTEMENT ! QUELLE BÊTISE D'AVOIR PERDU MON TEMPS À REPROGRAMMER MON COBAYE ! UN SEUL ORDRE, IL NE ME RESTAIT QU'UN SEUL ORDRE À LUI DONNER ! ET C'ÉTAIT GAGNÉ !
ALORS QUE MAINTENANT, OU JE FINIS MES JOURS EN PRISON, OU LE BIG BOSS M'ÉLIMINE COMME IL A ÉLIMINÉ SA SECRÉTAIRE IL Y A TROIS ANS, ET LES ESPIONS IL Y A DEUX JOURS DANS LE CHÂTEAU DE BEYNAC.
SI PAUL SE RÉVEILLAIT, ON POURRAIT TENTER QUELQUE CHOSE...

L'imprimante s'arrête. Épuisé, T'métik s'est assoupi.

Je suis abattu. Trois ans que je suis manipulé ! Par le seul adulte en qui j'avais confiance ! Par celui que je croyais être mon ami ! Frédo s'avance, me prend par l'épaule :

« Tu crois que le big boss, c'est...

– Oui Frédo. C'est… monsieur Lerôme. Il s'est toujours servi de moi. Pour mettre AQPT.1 au point, puis pour me forcer à participer à FCQJV.

– Pourquoi ?

– Aucune idée. Il doit manquer un élément à leur programme. Lequel ? J'aimerais bien savoir quel ordre devait me donner T'métik ?

– Jérémy, Frédo ! crie Léa depuis l'étage, venez vite ! J'ai découvert une chose inimaginable. Dépêchez-vous ! »

Elle nous attend au milieu des cobayes. Ils ont formé une ronde et jouent à « Jacques à dit », avec Léa dans le rôle du chef d'orchestre :

« Jacques a dit "Levez le bras gauche." »

Vingt-cinq bras se lèvent.

« Jacques a dit "Applaudissez Jérémy et Frédo." »

Tonnerre d'applaudissements.

« Voilà le défaut de FCQJV, dis-je. Les cobayes obéissent bien aux ordres de la machine, mais n'importe qui peut également les commander. Difficile dans ces conditions de les maitriser. Ils avaient donc besoin de mes talents d'informaticien pour régler ce problème.

– Comme ils étaient surs que tu ne marcherais pas dans la combine, ils ont monté toute cette mise en scène », conclut Frédo.

Léa, qui elle aussi a tout compris, ne perd pas son sang-froid.

« Gérard, Julien, Jojo, allez capturer M. Lerôme et Dame Berthe. Ramenez-les ici immédiatement ! »

Les trois lascars quittent mécaniquement la ronde et sortent de la Lanterne des Morts.

« Frédo, cours chercher le brigadier Jean Aidufler. Invente ce que tu veux : il faut que dans un quart d'heure, il soit ici avec deux ou trois hommes et son fourgon cellulaire. »

Capturé par les trois lascars, monsieur Lerôme a tout avoué : son rêve fou de devenir le maitre du monde, l'élimination des trois espions et son intention de me laisser, toute ma vie, attaché sur le siège en face de la caméra et du programme FCQJV.

Dame Berthe, innocente, mais Dame Berthe abattue, accablée. Je n'ose vous dire son poids. Lerôme a passé quelques semaines en prison. Depuis, il croupit dans une chambre d'hôpital psychiatrique.

Harry T'métik et Paul Eolitik ont préféré rester en prison plutôt que d'être logés dans le même hôpital que le big boss.

Les cobayes ont mis quelques mois à retrouver leur autonomie puis on fait une contreréaction : même leurs femmes n'arrivent plus à les commander.

Quant à moi…

3e partie

Rififi chez le pharaon

Deux ans plus tard…

Chapitre 1

BON VOYAGE !

« Allô ! Je suis chez M. Delordre ?

– Oui.

– Vous pouvez me passer Jérémy ?

– C'est moi-même.

– Ah ! mon petit Jérémy ! Tu ne me reconnais pas ?

– J'ai bien peur que si, M'dame !

– Oui ! c'est moi : Berthe Alagrosse-Lerôme. Jérémy, j'ai une grande nouvelle à t'annoncer…

– Monsieur Lerôme est sorti de l'hôpital !

– Non, malheureusement non…

– Alors, il est guéri !

– Non. En deux ans, il n'a pas fait le moindre progrès. Il continue à se prendre pour le maitre du monde et ne me reconnait toujours pas !

– Alors, faut laisser tomber M'dame !

– Mais, je l'aime, Jérémy ! Je l'aime à la folie !

– Faites-vous interner avec lui !

– J'y ai pensé, mais c'est impossible ! Par contre la bonne nouvelle c'est que dans un mois, je pars en Égypte avec…

– Eh bien, bon voyage !

–… avec toi.

– Avec moi !

– Oui Jérémy, avec toi.

– Moi… pourquoi ?

– Il y a dans le tombeau de Ramsès II, une pierre qui sauve les hommes de leur folie.

– Mais comment savez-vous ça ?

– On en parlait déjà il y a trente ans quand je faisais des études d'égyptologie avant de devenir professeur d'allemand, et je l'ai réentendu hier soir, dans un reportage d'Envoyé Spécial.

– Même si cette pierre existe, je ne vois pas pourquoi vous voulez m'emmener avec vous !

– Parce que depuis que mon Jaime adoré a sombré dans la folie, j'ai repris des kilos en pagaille et que j'aurai bien besoin d'un moustique dans ton genre pour explorer la tombe de Ramsès II.

– Mais m'dame, j'ai quatorze ans maintenant ! J'ai grandi !

– Jérémy, je t'en supplie ! Il n'y a que toi qui peux sauver Jaime ! Qui peux me sauver ! Je sais que tes parents te laisseront partir sans problème ! Je te paie le visa, l'avion, l'hébergement… »

Qu'est-ce que vous auriez fait à ma place ? Moi… j'ai accepté ! Un voyage en Égypte, tous frais payés, ça ne se refuse pas ! Et puis, je l'aime bien Dame Berthe. Elle ne mérite pas ce qui lui arrive. Alors, si je peux l'aider !

Chapitre 2

BAKCHICHS

Mais aujourd'hui, entre Louxor et la Vallée des Rois, dans ce taxi fournaise, à côté d'une Dame Berthe dégoulinante, j'en arriverais presque à regretter ma décision.

Dans le taxi, il y a un troisième passager, notre guide Haboudener. Je ne sais pas ce que veut dire « Haboudener » en égyptien. En tout cas, notre guide porte bien son nom ! Il bouge sans arrêt sur son siège et son corps squelettique est parcouru de tremblements, genre tsunamis, qui partent du haut de son crâne et se propagent jusqu'à la pointe de ses orteils.

Mis à part ce problème physique, c'est un très bon guide quoiqu'un peu soupe au lait ! Surtout que depuis ce matin, il a de quoi être sur les nerfs !

« M'dame Berthe, je vous dis que le tombeau de Ramsès II ne se visite pas !

– Et moi, mon cher Haboudener, je vous dis qu'on va le visiter !

– M'dame Berthe, je vous assure que ce n'est pas possible. L'accès est interdit au public. Une équipe franco-égyptienne d'archéologues y mène des fouilles et un autre groupe restaure la salle du culte.

– Ce n'est pas grave ! On ira le soir, après leur départ. Il doit bien y avoir un gardien !

– Oui, c'est mon cousin Hatoultanthor.

– Et moi, j'ai toujours raison ! Ce soir, il va nous ouvrir le tombeau.

– Mais il perdra sa place si quelqu'un s'en rend compte !

– En attendant, il empochera un sacré bon gros bakchich…

– Dans ce cas-là, prévoyez deux bons gros bakchichs ! Mon cousin ne baragouine pas un seul mot de français ni d'allemand. Et sans moi…

– D'accord ! Mais dis au chauffeur de rouler moins vite ! On va finir dans le Nil !

– Tout de suite m'dame Berthe, mais il lui faudrait un petit… »

Bakchich : le mot sésame ! Le mot qui ouvre les tombeaux des pharaons, qui calme les fous du volant et qui, dit-on, adoucit même les brûlures du soleil d'Égypte !

Après avoir croisé une horde de 4x4, surement ceux des archéologues regagnant Louxor, apparait devant nous la Vallée des Rois et l'entrée des hypogées. Ils sont creusés dans le flanc de la plus haute montagne. La tombe de Ramsès II porte le numéro 7, et c'est juste devant elle que pile notre taxi. Bien que la nuit commence à tomber, la température frise encore les quarante degrés !

Haboudener rejoint son cousin de gardien et quelques palabres plus loin, Hatoultanthor sort une grande clé de sous sa gandoura. Il se dirige vers la petite porte en bois qui ferme le tombeau de Ramsès II, quand :

« Jérémy ! Dame Berthe ! Qu'est-ce que vous fabriquez par ici ! »

Surpris, je me retourne et me retrouve nez à nez avec une princesse, une reine ! Aussi belle que Néfertari et Néfertiti réunies !

« Eh ! Jérémy ! Tu ne me reconnais pas ? C'est moi, Léa. Léa Rico !

– Léa ! Mais que fais-tu là, Léa ! Je te croyais à Sarlat, avec ta mère !

– Eh non ! Je suis à Louxor, avec mon père !

– Ton père !

– Oui, il est égyptologue. Un des plus renommés ! Je ne t'en avais jamais parlé ?

– Ben… non…

– Mes parents ont divorcé quand j'avais deux ans. Depuis, c'est ma mère qui m'élève. Et je rejoins mon père, toutes les grandes vacances, sur son lieu de travail. Il est d'origine égyptienne et se prénomme Abou. Docteur Abou Rico.

– Où est-il, en ce moment ?

– Dans la tombe de Toutânkhamon. Il est persuadé qu'elle n'a livré ni tous ses secrets ni tous ses trésors ! Mais toi, Jérémy, qu'est-ce qui t'amène par ici ? Je ne te connaissais pas une passion particulière pour l'Égypte et ses pharaons !

– C'est Dame Berthe.

– Dame Berthe ?

– C'est un peu compliqué ! Mais si tu nous accompagnes dans le tombeau de Ramsès II, je t'expliquerai.

– Bien sûr que je vous accompagne ! Primo, mon père en a encore pour quelques heures avec Toutânkhamon ; deuzio, je suis presque aussi pointue que lui sur Ramsès II et tertio, maintenant que je t'ai rencontré, je ne te quitte plus ! »

Chapitre 3

QUEL CHOC !

« Dépêchez-vous, les enfants ! hurle Dame Berthe. Haboudener et Hatoultanthor ne veulent pas nous accompagner. Ils sont morts de peur ! Allez venez ! J'ai une torche électrique. »

Je comprends notre guide et son cousin ! Le long couloir qui conduit à la salle du sarcophage n'a rien de très engageant ! On trébuche sur de grosses roches de calcaire. Le faisceau de la lampe éclaire des murs nus, à moitié effondrés. De temps en temps, apparaissent quelques hiéroglyphes et décorations à moitié effacés.

« Une pierre qui sauverait les hommes de la folie ! J'en n'ai jamais entendu parler ! s'exclame Léa, à qui je viens de finir d'expliquer le pourquoi du comment de notre épopée égyptienne. Vous êtes sure de vous, madame ?

– Absolument ! grogne Dame Berthe. J'ai fait des études, moi !

– Mon père aussi, reprend Léa. Pourtant, il ne m'en a jamais parlé !

– Parce que tu parles "Égypte ancienne" avec ton père !

– Oui, madame. Il ne parle que de ça. À longueur de journée et avec tout le monde !

– Un peu comme mes parents et l'informatique ! j'ajoute.

– Oui, Jérémy, pareil ! Sauf que tes parents n'ont pas divorcé.

– Et pour cause ! Ils ne doivent même plus savoir qu'ils sont mariés et qu'ils ont des enfants !

– Ma chance, poursuit Léa, est que ma mère ne partageait pas la passion de mon père. Du coup, il y a eu de la place pour moi. »

Notre couloir vient de déboucher sur une grande salle rectangulaire. Dame Berthe en éclaire les murs : le spectacle est fascinant !

« Toutes ces scènes représentent la vie de Ramsès II ! dit Léa. Là, c'est la bataille de Kadech contre les Hittites. Ce lion représente le courage de Pharaon.

– Tu es drôlement calée ! remarque Dame Berthe.

– Je crois que mon père m'a transmis sa passion. Et c'est l'époque de Ramsès II que je préfère. Je vous jure M'dame qu'il ne m'a jamais dit le moindre mot sur votre pierre.

– Il ne sait pas tout ton père ! grogne l'imposante Berthe. Je l'ai encore relu, avant notre départ, dans mes cours sur la XIXe dynastie : *"On mit dans le sar-*

cophage de Ramsès II or, lapis-lazuli, cornaline, turquoise, et une pierre qui devait sauver Pharaon de la folie des hommes."

– Mais ce n'est pas pareil m'dame !

– Qu'est-ce qui n'est pas pareil ?

– *"Sauver de la folie des hommes."* c'est différent de *"Sauver les hommes de la folie."* »

– Je te dis que c'est pareil ! Il me faut cette pierre ! Elle sauvera mon Jaime que j'aime tant ! Elle le sauvera de la folie des hommes et de sa propre folie !

– Même si elle existe, insiste Léa, elle ne sert à rien : elle n'a pas pu sauver Ramsès II ! Quelques centaines d'années après sa mort, son tombeau a été pillé et dévasté par les… hommes !

– Arrête, petite insolente ! Je ne te crois pas et je ne peux plus te supporter ! hurle Dame Berthe qui retrouve ses crises d'autorité d'ex-professeur d'allemand. Personne ne t'oblige à nous suivre ! Tu peux retourner à l'air libre.

– Non m'dame ! Je vous suis jusque dans "la maison de l'or".

– "La maison de l'or" ! C'est quoi cette nouvelle invention ?

– C'est le nom de la prochaine salle. "La maison de l'or", est la chambre funéraire, celle du sarcophage. Elle était soutenue par huit piliers. De nos jours, elle est en très mauvais état. Ça m'étonn…

– Arrête de faire celle qui sait tout ! vocifère Dame Berthe. Aide-moi plutôt à y entrer. Je suis coincée ! Et toi, Jérémy, au lieu de bader à toutes les sottises de ta petite amie, pousse avec elle ! »

C'est vrai que je suis ébahi par tout ce que dit Léa. De plus, je réalise qu'on n'est pas près de sauver Jaime ! Mais, ce n'est plus l'heure de rêvasser ! Dame Berthe est vraiment « coincée de chez coincée » ! Elle obstrue tout le passage. Nous avons beau, Léa et moi, nous arcbouter, nos mains et avant-bras ont beau presser l'immense fessier de Dame Berthe, la pauvre ne bouge pas d'un centimètre !

Entre deux énormes soupirs, elle nous encourage à sa façon, genre sergent-chef souffrant de graves crises d'hémorroïdes.

« Et si on allait chercher vos deux copains égyptiens, propose Léa alors que nous essayons de récupérer, assis chacun sur un rocher.

– Trop tard ! Dame Berthe leur a déjà donné leur bakchich et il y a longtemps qu'ils ont dû décamper !

– On fait quoi, alors ?

– Alors, on prend plus d'élan et… advienne que pourra ! »

Sitôt dit, sitôt fait ! On recule de quelques mètres supplémentaires et on fonce, têtes et épaules en avant, vers le phénoménal postérieur.

Le choc est d'une violence inouïe ! Dame Berthe bouge de quelques centimètres puis… tout cède autour d'elle, et on bascule tous les trois dans…

Chapitre 4

DEUX SACS DE RIZ

« Jérémy ! Tu m'entends ? Jérémy ! S'il te plait, réveille-toi !

Me réveiller ! Pourquoi me réveiller ? D'abord, je ne dors pas : je plane au-dessus des pyramides. C'est zen… je suis zen… Et qui me parle ? Qui s'autorise à me déranger… ? »

– Jérémy… c'est moi, Léa. Allez, je t'en supplie, ouvre un œil… dis-moi quelque chose ! Ne me laisse pas toute seule ! Dame Berthe est introuvable.

Dame Berthe ! Aïe ! Ma tête… mon épaule… je ne peux plus la bouger… Dame Berthe… son postérieur… le choc… le tremblement de terre… que j'ai mal à la tête ! Ce n'est plus zen du tout…

– Léa… c'est toi Léa ?

– Jérémy, enfin ! Je te croyais mort !

– Non… apparemment pas…

– Une heure que j'essaie de te sortir du coma !

– Léa… où est-on ? Qu'est-ce qui m'est arrivé ? Pourquoi je ne peux plus remuer mon épaule et pourquoi j'ai un marteau-piqueur dans la tête ? Pourquoi…

– Calme-toi Jérémy. On est à Thèbes et c'est extraordinaire !

– Dans la Vallée des Rois, tu veux dire ?

– Non, Jérémy, on est à Thèbes. Mais à l'époque de Ramsès II !

– Eh ! Ne me prends pas pour un idiot…

– Écoute Jérémy, je sais que c'est énorme, mais c'est la vérité vraie ! Quand je me suis réveillée, il y a maintenant deux bonnes heures et que je t'ai vu allongé à côté de moi dans un sale état, je me suis tout de suite rappelé de Dame Berthe, coincée dans l'entrée de la salle funéraire.

– Exact ! dis-je, en m'asseyant et en me massant l'épaule. On avait pris un sacré élan !

– Oui. Résultat : tout s'est effondré autour de nous et on se retrouve dans la Thèbes de Ramsès II !

– Arrête Léa ! C'est du pipeau ! On voit ça dans les pseudos romans historiques ; pour faire découvrir aux élèves de sixième la vie au temps des pharaons ; des fois qu'ils ne croiraient pas ce qu'il y a d'écrit dans leur manuel d'histoire !

– Alors Jérémy, explique-moi ce que font les deux scribes, là-bas ? Et pourquoi il y a deux obélisques devant le temple de Louxor ?

– Les scribes c'est pour le folklore, il faut bien amuser le touriste ! Et les obélisques, c'est parce qu'on les érigeait toujours par deux : un de chaque côté de la porte d'entrée du temple.

– Sauf que, "Monsieur je sais tout !", un des deux obélisques, celui de droite, trône sur la place de la Concorde, à Paris depuis 1836 !

– Tu as…

– Oui, j'ai raison ! Aussi raison que quand je te dis qu'on est à l'époque de Ramsès II !

Il me faut me rendre à l'évidence : Léa a raison !

– Pourquoi il n'y a personne ? Je demande, en finissant de me relever. C'est bizarre !

– Non, c'est normal, me répond Léa qui sent encore chez moi une pointe d'incrédulité. Je crois qu'ils préparent une fête. Je suis allée me promener un petit peu en attendant que tu émerges. Personne ne m'a remarquée. Un coup de chance que je me sois habillée en Néfertiti, ce matin ! J'ai cru comprendre que c'est bientôt la fête de l'Opet et que Ramsès II est déjà à Karnak.

– Tu comprends leur langue ?

– Sans plus. Ils parlent une vieille langue.

– Alors, dis-je en fouillant dans la poche intérieure de mon pagne, j'ai ce qu'il nous faut ! Tiens Léa, mets ce petit appareil dans le creux de ton oreille ! Appuie sur la touche TCQJE, approche-toi des deux scribes, et tu m'en diras des nouvelles ! »

Léa surprise m'obéit. Elle se dirige, nonchalante, vers les deux hommes assis en tailleur et qui papotent tout en écrivant avec un calame sur de grandes feuilles de papyrus. Soudain, elle se retourne vers moi en s'écriant :

« Génial ! C'est génial ! Je comprends tout ce qu'ils disent ! Ils parlent français ?

– Mais non, c'est ma dernière trouvaille informatique. TCQJE veut dire…

– "Traduis Ce Que J'Entends" ! Géant Jérémy ! Jérémy tu es géant !

– Et ce n'est pas tout, dis-je en rougissant. Tu peux leur parler. La puce a reconnu leur dialecte et a automatiquement enclenché la fonction TCQJD.

– "Traduis Ce Que Je Dis !" exulte Léa. Phénoménal ! Et ça fonctionne avec toutes les langues, anciennes ou récentes ?

– Je pense Léa. Deux ans que je l'expérimente.

– D'où tes progrès fulgurants en anglais et en allemand. Bien joué Jérémy ! dit Léa en me claquant deux grosses bises sur chaque joue. Avec ça, on va la retrouver DIE GROSSE MADAME !

– Mais Léa, comment va-t-on retourner à Sarlat ? Comment va-t-on regagner le 21e siècle ?

– Écoute Jérémy ! Une question après l'autre. D'abord, il nous faut retrouver notre professeure d'allemand préférée. »

Deux jours que nous errons dans Thèbes à la recherche de Dame Berthe. Thèbes luxuriante, éclatante, reposante ! Une Thèbes où les paysans du Nil viennent vendre, chaque matin, figues, raisins, miel, dattes… et autres délices gorgés de soleil. Il nous suffit, mélangés à la foule bigarrée d'esclaves, de serviteurs, de militaires, d'artisans, d'en chaparder quelques-uns sur les étals ou dans les paniers des belles et riches Égyptiennes, pour ne pas mourir de faim.

Le temple de Louxor est fabuleux. Partout sur les murs, sur les pylônes, les artistes gravent des hiéroglyphes, peignent des scènes à la gloire du tout puissant pharaon Ramsès II.

Mais Dame Berthe reste INTROUVABLE !

Découragés, Léa et moi grignotons quelques figues sèches, assis sur un banc en pierre quand passent devant nous les deux scribes près desquels nous avions repris connaissance.

– Pastagom, dit le plus jeune à son collègue, je te jure que ce n'est pas une rumeur !
– Mais si Pointabic ! rétorque le plus vieux. Encore des salamalecs colportés par ces scribes qui ne s'intéressent qu'aux « pipoles » !
– Écoute Pastagom, je ne peux pas te dévoiler mes sources, mais on m'a affirmé qu'il se prépare un attentat contre Néfertari.
– Et qui va essayer de la tuer, ce coup-ci ? Une épouse délaissée du harem, un espion hittite ou le grand prêtre d'Amon ? Arrête de fantasmer, c'est une rumeur fantaisiste ! Il n'y a vraiment pas de quoi en faire tout un papyrus !

« En faire un fromage ! corrige Léa, à mi-voix.

– Non, dis-je, je pense que Pastagom veut dire que ça ne vaut pas la peine de retranscrire cet épisode de la vie de la reine. »

– Pastagom, tu es incorrigible ! Plus têtu que le Sphinx ! J'te dis que mon info est béton !

« Dis donc, ils parlent "chébran", les scribes de Ramsès II ! remarque Léa.

– Disons que c'est plutôt mon système TCQJE qui traduit "jeun's" ! »

– La suspecte est une comploteuse ! Elle aurait été identifiée. Les services secrets de Pharaon ne devraient pas tarder à la localiser et à la mettre hors d'état de nuire ! Il parait qu'on ne peut pas la rater : elle fait au moins ses deux sacs de riz… Et coupable ou pas, elle aura droit au supplice de la roue…

Mais le vieux Pastagom semble avoir décidé de ne plus contrarier son jeune collègue. Et ce dernier, vexé de parler dans le vide, cesse son bavardage.

Nous les laissons regagner le bâtiment des fonctionnaires de Pharaon et faisons demi-tour quand Léa m'attrape par le bras et me demande, soucieuse :

« Jérémy, à ton avis, ça pèse combien un sac de riz ?

– Dans les soixante kilos.

– Et deux sacs de riz ? balbutie-t-elle le visage décomposé.

– Cent vingt kilos, Léa. C'est mathématique. Mais…

– Mais… si les infos de Pastagom sont si béton qu'il le prétend, on a vraiment intérêt à retrouver Dame Berthe ! Et vite ! »

Chapitre 5

COBRAS CHÉRIS !

Autant chercher une aiguille dans une meule de foin ! Pourtant une aiguille de plus de cent kilos ne doit pas passer inaperçue même dans une meule de foin de la taille de Thèbes ! À moins que Dame Berthe ne se cache ! Et si elle se cache, c'est que notre intuition est la bonne : c'est elle qui projette de tuer Néfertari !

Mais pourquoi en aurait-elle après la vie de la reine ? Comment s'est-elle fait repérer ? Survit-on au supplice de la roue ?

Voilà quelques-unes des mille-et-une questions qui s'entrechoquent dans nos cerveaux déjà surchauffés par le soleil de Thèbes.

Soudain, une évidence me traverse l'esprit :

« Léa, dis-je la voix blanche, elle a un TCQJE ! J'avais emporté mes trois prototypes TCQJE car je voulais les expérimenter, voire les améliorer lors du séjour à Louxor : vu le nombre de touristes, on y parle un nombre incalculable de langues ! Je t'en ai donné un, celui-là c'est le mien, et le troisième...

– C'est Dame Berthe qui l'a !

– Exact Léa. Je le lui ai donné juste avant de monter dans le taxi pour la Vallée des Rois. Mais Haboudener nous a pris la tête et je n'ai pas eu le temps de lui expliquer que la traduction s'effectue dans les deux sens !

– J'ai compris : il suffit qu'elle parle toute seule et tout le monde autour d'elle est au courant de ses projets.

– J'en ai bien peur ! »

Alors qu'on débouche sur une petite place animée, mon attention est attirée par deux hommes qui tournent depuis quelques secondes autour d'un vieux charmeur de serpents. Je ne sais pas pourquoi, mais ce n'est pas seulement leur physique à la Laurel et Hardy qui m'intrigue !

Un doigt sur la bouche pour qu'elle reste silencieuse, je fais signe de mon autre main à Léa de me suivre. Elle se rapproche de moi, s'équipe de son TCQJE et m'emboite le pas, direction le vieil homme et ses serpents. Enfin, pas trop près : je n'ai jamais eu une tendresse particulière pour ces bestioles ! On s'arrête devant un potier et on tend nos oreilles vers les deux olibrius qui sont en grande discussion, à quelques mètres à peine du charmeur de serpents.

– Vas-y toi, Sakabaf, chuchote le petit gros, puisque t'as pas peur des serpents !
– J'ai pas dit ça, Pabésef ! grogne le grand échalas. J'ai un peu peur des serpents.
– Un peu, c'est pas beaucoup ! note Pabésef. Je te rappelle que c'est toi qui lui as proposé de lui ramener deux ou trois serpents.
– J'ai changé d'avis : elle n'a qu'à venir les chercher !
– Pas d'accord Sakabaf. En échange, elle a promis de nous affranchir. C'est une étrangère. Elle peut acheter notre liberté à Amèntonfric !

« Jérémy, ce sont des esclaves ?
– Ça m'en a tout l'air ! »

– Il ne voudra jamais. Il a toujours refusé de nous vendre à Anofret, son collègue Intendant des Finances !
– Sakabaf, on a promis de lui ramener des serpents venimeux ! Alors, on tient notre promesse ! Crois-moi, elle a des arguments de poids pour convaincre Amèntonfric.
– Dis Pabésef, elle veut en faire quoi de ces cracheurs de venin ?
– Ça, j'ai ma petite idée, mais il vaut mieux pour toi que tu ne sois pas au courant ! Alors, t'y vas Sakabaf ou je te claque le bec !
– Oui, c'est bon ! Occupe-toi du vieux ; je fais mon affaire des serpents !

Le temps de nous retourner, Pabésef est déjà derrière le charmeur de serpents. Il lui assène discrètement un coup sur la nuque qui envoie illico le pauvre bougre au pays d'Osiris. Il le retient dans ses bras et le couche sur le côté, tandis que Sakabaf jette une couverture sur le panier en osier des serpents et non sans courage, empoigne le tout à deux mains.

Des professionnels ! Tout cela s'est passé sans que personne sur la place ne s'en aperçoive. Et c'est tout aussi tranquillement que les deux esclaves s'éloignent. Léa et moi, à leurs trousses, bien sûr !

Quelques minutes plus tard, après avoir parcouru des entrelacs de ruelles étroites, Sakabaf et Pabésef pénètrent dans une maison semblable à toutes les autres, faites de briques de boue séchée et de bois de palmier.

Ils sont à peine entrés, qu'ils sont accueillis par un flot de borborygmes, de gargouillis et autres éructations !

« Mon traductophone ne marche plus ! râle Léa, en l'enlevant de son oreille.

– Le mien non plus ! j'ajoute avant de changer d'avis. Nos TCQJE marchent, sauf qu'ils ne traduisent pas le français !

– Qu'est-ce que tu racontes ?

– Écoute, dis-je en montrant la maison, ça parle français, là-dedans !

– T'as raison ! acquiesce Léa. Mais… je connais cette voix…

– Dame Berthe ! On l'a retrouvée !
– Alors, les serpents ?
– Pour tuer Néfertari !
– On fait quoi, Jérémy ?
– On attend que Pabésef et Sakabaf s'en aillent et on va dire notre façon de penser à Dame Berthe ! Tiens, les voilà qui sortent !
– Oui… mais… les serpents…
– On n'a pas le choix ! »

Léa me prend la main et serrés l'un contre l'autre, nous pénétrons dans la maison. Nos pupilles ont du mal à s'adapter à la pénombre. Heureusement, il n'y a quasiment aucun mobilier dans la première pièce – surement la cuisine – et le sol en terre battue étouffe nos pas.

On se dirige vers la seconde pièce d'où monte une étrange mélopée, entrecoupée de sifflements à vous glacer le sang.

« Gardez votre venin, mes tout petits chéris
Pour le destin de cette infâme Néfertari
Tssssss… Tsssssss… Tssssss
De tous les criminels et autres assassins
Vous serez pour l'éternité les plus divins
Tssssss… Tsssssss… Tssssss »

« Ce sont des alexandrins ! me chuchote Léa.
– Des alexan… quoi ?
– Des alexandrins : des vers de douze pieds.
– Elle est prof d'allemand, pas de poésie !

– Non, Jérémy, elle est... FOLLE ! hurle Léa, en me lâchant la main et en se précipitant dans la pièce où Dame Berthe se fige de surprise.

– FOLLE, VOUS ÊTES FOLLE ! QU'EST-CE QUE VOUS VOULEZ FAIRE DE CES SALES BESTIOLES ? ET D'ABORD, OU ÉTIEZ-VOUS PASSÉE ?

– Je...

– TAISEZ-VOUS ! ON VOUS CHERCHE DEPUIS DEUX JOURS ! ON S'INQUIÈTE ! ON VOUS CROYAIT MORTE OU PIRE ENCORE ! ÇA VOUS A EFFLEURÉ LES NEURONES DE SAVOIR CE QUI NOUS ÉTAIT ARRIVÉ ? SI ON ÉTAIT SAIN ET SAUF ! NON, MADAME JOUE LES CRIMINELLES ! C'EST NÉFERTARI QUI LA PRÉOCCUPE ! MAIS BON SANG ! QU'EST-CE QUE LA REINE VOUS A FAIT ?

– Je... je l'aime tant ! Ah ! que je l'aime...

– ÇA VA ! CHANGEZ DE DISQUE ! TOUT LE MONDE LE SAIT QUE VOUS AIMEZ JAIME ! SAUF QU'IL EST À 6 000 KILOMÈTRES ET 3 200 ANS DE NOUS !

– Ce n'est pas Jaime...

– QUI, ALORS ?

– Ramsès II.

– Ram... Ramsès II ! Pharaon ?

– Oui Léa, c'est lui mon nouveau grand amour.

– Alors là ! soupire Léa en se retournant vers moi, elle est vraiment cinglée.

– Non Léa, je ne suis pas folle ! dit Dame Berthe. Ramsès II je l'ai vu, comme je te vois là ! Quand le plafond de la chambre funéraire s'est effondré, j'ai perdu connaissance. Je me suis réveillée dans... la chambre de Pharaon ! La chambre où il reçoit les épouses de son harem. Mon dieu que Ramsès II est beau ! Il ressemble comme deux gouttes d'eau à mon Jaime adoré ! Mais en encore plus beau !

– Voyons m'dame, dis-je en m'approchant d'elle, ce n'est pas une raison pour tuer la reine. Des épouses, Pharaon en a des dizaines.

– Oui, mais c'est elle la plus belle. C'est elle seule qu'il aime. Les autres ne sont là que pour lui donner des enfants. Et moi, je veux que Ramsès II m'aime !

– Si on essayait plutôt de regagner Sarlat et le 21e siècle, propose Léa qui a retrouvé un semblant de calme.

– Non ! aboie Dame Berthe. Pas sans Ramsès II ! Je ne sais pas comment on a atterri ici, mais je n'en repartirai qu'avec lui ! Fichez le camp d'ici ou accompagnez-moi offrir ces trois cobras à cette maudite Néfertari.

– Mais on va vous arrêter ! dis-je.

– Qui « on » ?

– Les services secrets de Pharaon. Votre complot est éventé ! Ils vous ont repérée ! S'ils vous capturent, vous êtes promise au supplice de la roue.

– Le supplice de la roue, répète incrédule Dame Berthe, c'est quoi… le supplice de la roue ?

– ***Vous allez bientôt le savoir et vos deux petits amis aussi !*** ricane derrière nous Pabésef encadré par deux soldats de Pharaon. ***Gardes ! Emparez-vous d'eux !*** »

Chapitre 6

LE SUPPLICE DE LA ROUE

« Le supplice de la roue est ma dernière trouvaille ! Deux crues du Nil déjà que Pharaon l'a adopté. Et ma foi, il n'a pas à s'en plaindre. Cent pour cent efficace : pas un seul des suppliciés qui n'ait avoué, même les innocents ! Il n'y a que les muets… et encore ! »

Un quart d'heure que Pabésef fanfaronne ! Qu'il nous livre tous ses secrets ! Ce qui, dans notre situation – nous sommes plaqués au mur par les javelots des deux gardes – n'est pas bon signe !

Bras droit de Amonptichef, patron des services secrets de Pharaon, Pabèsef a en charge la protection de Néfertari. Sa technique : se faire passer pour un esclave et rôder dans Thèbes ou ailleurs, les yeux et les oreilles en alerte permanente. Même Sakabaf qui le connait depuis des lustres, ignore le double jeu de Pabésef.

« Vous mettez une roue de char à l'horizontale. Vous y attachez dessus votre coupable, en serrant fortement chevilles et poignets afin d'éviter qu'il ne gigote. Vous badigeonnez de sel légèrement humide ses paumes de mains et ses plantes de pieds. Ensuite, vous faites entrer dans la salle de torture, une chèvre. Deux ou trois si vous êtes pressé. Ces gentils caprins adorent le sel et après avoir fait le tour de la roue, se mettent à lécher les pieds et les mains du coupable. Ce dernier commence à rire et à pousser des gloussements genre « Arrêtez ! Je crains les chatouilles ! » ou « Aïe ! Vous me faites trop rire ! Je vais faire pipi dans mon pagne ! »

Bien que je n'en aie aucune envie, je me mets à rire.

« Toutes les dix minutes, vous rebadigeonnez de sel. Ça remotive les chèvres ! »

Léa, qui a compris mon intention, éclate de rire. Et petit à petit, nos rires envahissent la pièce, contaminent tous ses occupants, sauf Dame Berthe qui, dès qu'elle a entendu le mot chatouille, s'est évanouie.

Premier objectif atteint : les deux gardes se tordent de rire et Pabésef se tient les côtes en nous racontant la suite des prouesses des chèvres et les supplications du malheureux torturé.

Ils rient, rient à… en lâcher leurs javelots. J'en profite pour plonger vers le panier d'osier et libérer les trois crotales qui, crocs en avant, sifflent et foncent vers Pabésef, ses deux sbires et Sakabaf, qui vient de les rejoindre. Les rires des quatre Égyptiens se transforment en hurlements et, prenant leurs jambes à leurs cous, ils se précipitent hors de la maison, les trois crotales sur leurs talons.

Léa, qui comme moi s'était figée pour ne pas attirer l'attention des reptiles, s'écrie :

« Bravo Jérémy ! Maintenant, il faut réveiller Dame Berthe et quitter les lieux au plus vite. »

Après quelques bonnes paires de gifles et quelques minutes qui nous paraissent une éternité, Dame Berthe ouvre enfin un œil. Tant bien que mal, nous réussissons à la mettre sur pied. En la soutenant chacun d'un côté, nous quittons la maison, direction le temple de Louxor. Nous nous réfugions dans la salle de momification qui le jouxte.

Nous allongeons Dame Berthe sur une table en marbre puis, épuisés par les derniers évènements, nous nous affalons sur les premiers sièges venus.

« Jérémy ! me dit Léa, après quelques minutes de récupération, tu as vu sur quoi nous sommes assis ?

– …

– Sur des canopes.

– Des canapés, tu veux dire ?

– Non, Jérémy. Des canopes, des vases si tu préfères. C'est dans ces vases que les prêtres embaumeurs mettent les viscères et le cerveau du défunt.

– Appétissant! dis-je, en soulevant mes fesses puis le couvercle et en regardant au fond du vase qui heureusement est vide. Léa, je sais que tu n'y crois pas; mais si la fameuse pierre qui sauve les hommes de la folie existe, il nous faut la trouver.

– Pour quoi faire? ronchonne Léa, entre ses dents.

– Pour ramener Dame Berthe à la raison. Elle sombre dans la folie. Pour la calmer, et après seulement, on pourra envisager notre retour.

– Dans ce cas-là, me dit discrètement Léa, j'ai mieux que ta pierre magique!

– Un breuvage égyptien?

– Non, quelque chose de beaucoup plus efficace: des somnifères. J'en ai toujours une boite sur moi. C'est le seul moyen pour que mon père dorme un petit peu quand il effectue des fouilles. »

Léa sort trois comprimés du petit sac qui pend autour de son cou. Elle les pose sur le canope et les écrase délicatement avec un maillet en bois. Elle récupère précieusement la poudre, en saupoudre l'intérieur de dattes qu'elle tend à Dame Berthe en disant:

« Tenez, mangez un peu. Il vous faut reprendre des forces. Vous êtes toute pâle. Si Ramsès II vous voit dans cet état, il n'est pas près de laisser tomber Néfertari! »

Comme un automate, Dame Berthe s'assoit sur le bord de la table de momification, prend les dattes et les ingurgite. L'effet est instantané : elle bascule en arrière et s'endort.

« Bien joué, Léa ! Mais ils vont faire effet combien de temps ?

– Tu as déjà vu une momie marcher, mon cher ! répond Léa hilare, en me tendant une bandelette de lin enduite de résine. »

Sans un mot, nous momifions Dame Berthe, en prenant soin de lui laisser bouche, nez et oreilles à l'air libre. Pousser, déplacer, soulever, tourner, retourner les cent vingt kilos berthiens le temps que Léa jongle avec les bandelettes, nous met sur les rotules !

« Léa, pourquoi ne pas demander une audience à Ramsès II et tout lui expliquer ?

– Parce que Ramsès II est le pharaon ! Dieu en quelque sorte ! Parce qu'il ne reçoit pas les gens du peuple ! Encore moins les étrangers ! Parce que…

– D'accord Léa, calme-toi…

– Je suis calme, Jérémy ! Et ton idée n'est peut-être pas si mauvaise que ça. Essayons de rencontrer le vizir.

– Qu'est-ce que ce que c'est un vizir ? Une marque de lessive ?

– N'importe quoi Jérémy ! Le vizir est le bras droit de pharaon. Son Premier ministre.

– Et on le trouve où, ton vizir ?

– Dans son palais de Thèbes. Il s'appelle Paser. » C'est le vizir de la Haute-Égypte et j'ai entendu, grâce à ton traductophone qu'il venait de rentrer de la ville de Pi-Ramsès.

Trop forte Léa ! Je vous l'avais dit !

La nuit commence à tomber sur la cité thébaine et un peu de fraicheur monte du Nil. Du coup, une foule de petites gens, artisans, paysans, esclaves, employés, pêcheurs… a envahi les rues et y déambule tranquillement. Ce sont les conditions idéales pour passer inaperçus ! Car si les crotales n'ont pas rattrapé Pabésef, il s'est forcément et férocement remis à notre recherche. On sait trop de choses sur lui. Or, le métier d'espions ne supporte ni les indiscrétions ni les indiscrets.

On s'apprête à pénétrer dans le palais de Paser, quand une chose incroyable attire notre attention. Là… sur les deux colonnes qui encadrent la porte d'entrée… ce sont des… non c'est impossible…

Chapitre 7

PAPA !

Léa et moi sommes scotchés devant les deux gigantesques statues. Scotchés comme les trois affiches qui en recouvrent leurs immenses pieds. Et sur les affiches nos trois photos !

« Dis-moi… Léa… ce sont les Égyptiens qui ont inventé la… photographie ?

– Non… pas que je sache…

– Qu'est-ce qu'on fabrique sur ces affiches ? Et qu'est-ce qu'il y a d'écrit en dessous de nos photos ?

– Aucune idée, Jérémy. C'est écrit en arabe et je ne sais pas le lire. Ce que je sais Jérémy, c'est que depuis qu'on a mis les pieds dans le tombeau de Ramsès II, c'est un cauchemar.

– Il doit bien y avoir une explication ! dis-je, tout en sentant mon sang se glacer.

– Tu veux peut-être qu'on la demande au gars qui vient vers nous !

– Non ! Léa ! Demi-tour ! On court et on ne se quitte pas ! »

Avant même que Léa m'ait montré l'homme, j'avais vu les deux molosses qu'il tenait en laisse, genre rottweilers… en pire !

Courir. Le plus vite et le plus longtemps possible. Droit devant. Bousculant femmes, enfants et vieillards. Renversant étals de fruits, tours de potiers et tout ce qui a le malheur de se trouver sur notre passage.

Je me retourne : les deux monstres sont toujours à quelques mètres derrière nous ! Muselés mais encore retenus par leur maitre. Plutôt… freinés par leur maitre qui a dû perdre l'équilibre et que les deux chiens trainent comme un vulgaire ballot ! Heureusement pour nous, les laisses sont toutes entortillées autour de ses bras.

Alors que nous avons pris quelques mètres d'avance, notre course folle s'interrompt brutalement !

Au bout de l'étroite ruelle qui s'avère être une impasse, un bassin. Dans le bassin, de l'eau. Dans l'eau, des crocodiles. Trois énormes crocodiles du Nil ! Au moins aussi affamés que les deux rottweilers qui débouchent derrière nous.

« Ils ont perdu leur laisse ! hurle Léa.

– Et leur muselière !

– Jérémy ! Qu'est-ce qu'on fait ? On est mo… »

Léa n'a pas fini sa funeste phrase qu'on est violemment percutés par une forme sortie en trombe de la maison, sur notre droite. Le choc nous projette contre la porte de la maison de gauche. La porte cède et on s'étale sur le sol en terre.

Les deux rottweilers emportés par leur élan finissent leur course dans le bassin. Inutile de vous décrire le tsunami déclenché par leur double plongeon ni la réception musclée à laquelle ils ont droit ! Le temps de recouvrer nos esprits, de réaliser que nous venons d'échapper à une mort quasi certaine, d'essuyer tant bien que mal la terre et le sang qui maculent nos visages et nos avant-bras, nous nous relevons et apercevons au milieu de la pièce, une forme inanimée, face contre terre. Certainement notre sauveur !

Léa s'en approche la première. Délicatement, elle le retourne et…

« PAPA !!! »

Chapitre 8

UN BON GENIE !

« La Ramsès Academy ! N'importe quoi !

– Je te promets, ma chérie, que tout ce que je viens de vous raconter est la plus vraie des vérités. Nous sommes sur le plateau de la Ramsès Academy. La Thèbes de Ramsès II reconstituée sur plus de cent hectares. Des centaines de figurants. Trois mois de tournage. La première émission de téléréalité égyptienne.

– Mais alors, les rottweilers ?

– Les chiens du service de sécurité.

– Ils vont pouvoir en acheter d'autres !

– Oui, mais en contrepartie, ils vont économiser un peu de nourriture pour les crocodiles ! »

C'est bien le père de Léa, Abou, qui nous a sauvés des crocs canins ou crocodilesques auxquels nous étions promis. Qu'est-ce qu'il faisait là et comment il s'y était retrouvé ? Ne soyez pas impatients !

Car, je ne peux, dans un premier temps, résister au plaisir de vous décrire monsieur Rico.

Il ressemble à… comment dirais-je?… à… un génie! Petit, sec et jovial. Le crâne lisse comme une lampe qu'on aurait trop frottée, les yeux malicieux, limites bridés et toujours en mouvement, un bout de nez de rien du tout, une bouche en V qui le condamne à un sourire perpétuel et, pour couronner le tout, une barbichette longue de vingt bons centimètres. Difficile, quand on l'a vu une fois, d'oublier le père de Léa Rico. Mais revenons à ce qu'il nous a appris.

Quand il est sorti de la tombe de Toutânkhamon, la nuit était bien avancée et il ne s'est pas étonné de l'absence de sa fille. Il était sûr qu'elle avait regagné leur hôtel. Il a donc décidé de se reposer à la belle étoile, dans la Vallée des Rois, pour reprendre ses passionnantes fouilles, dès le lever du jour.

Ce n'est que le lendemain soir, en arrivant à son hôtel, qu'il s'est inquiété de Léa. Surtout quand le concierge lui a dit qu'il ne l'avait pas revue depuis la veille. Leur chambre, parfaitement rangée et les deux lits intacts n'ont fait qu'augmenter son angoisse.

Perplexe, il a machinalement allumé le poste de télévision et là, surprise!... C'est la photo de Léa qui occupait tout l'écran, en alternance avec celle d'un jeune garçon et celle d'une énorme femme, tous les deux de type européen.

Un bandeau déroulant, au bas de l'écran, indiquait que ces trois personnes, certainement des Français, s'étaient introduites sur le plateau de la Ramsès Academy dont c'était, après trois mois de tournage, la dernière semaine de jeu.

Ces trois individus étaient passés plusieurs fois dans le champ d'une des cent douze caméras qui filmaient, vingt-quatre heures sur vingt-quatre, la vie reconstituée de l'époque de Ramsès II. Les organisateurs et le service de sécurité s'étaient rapidement aperçus qu'ils ne faisaient pas partie des figurants. Personne ne comprenait comment ils avaient pu pénétrer sur le plateau ultrasécurisé et quelles étaient leurs intentions.

Au cours de ce flash spécial, Hori Pylan, l'animateur-vedette insinuait même que ce pouvait être de dangereux membres de la mystérieuse secte des « Fopacemoké », secte qui essayait d'interrompre par tous les moyens ce nouveau jeu télévisé. Il demandait à toutes personnes susceptibles de connaitre les trois individus de se manifester le plus vite possible auprès de la production de la Ramsès Academy ou au commissariat le plus proche. Une coquette somme et un séjour en thalassothérapie étaient promis à la première personne qui permettrait l'arrestation des trois fanatiques.

À demi rassuré mais totalement abasourdi par le flot de stupidités qu'il venait d'entendre, il allait éteindre le poste quand il vit Léa et son petit copain suivre deux Égyptiens dont un portait une panière à serpents sous le bras. Il ne repéra pas leur compagne d'infortune.

Partagé entre colère (Cette Léa, elle n'en rate pas une !) et fierté (Quand même, elle est drôlement fortiche !) monsieur Rico décida de s'introduire sur le plateau du jeu télé et de récupérer les deux enfants avant qu'ils ne tombent entre les mains de la sécurité ou qu'un figurant trop zélé et avide d'argent ne s'en prenne à eux.

Il passa le lendemain matin à repérer d'où partaient les camions qui livraient la nourriture à la Ramsès Academy. Et l'après-midi, alors que nous momifions Dame Berthe, monsieur Rico caché entre des sacs de riz, faisait une entrée des plus discrètes dans la pseudo Thèbes antique.

Il avait enfilé une robe large et empesée qui lui conférait l'allure d'un vizir, robe dans laquelle, tête baissée, il dissimulait sa barbichette. Précaution inutile car tous ceux qu'il croisait le prenaient pour un des arbitres du jeu ; arbitres qui avaient le pouvoir d'éliminer sur-le-champ tous les figurants qui sortaient de leurs rôles.

Et c'est ainsi qu'après nous avoir cherchés tout l'après-midi, le père de Léa se trouva près du bassin aux crocodiles. Il jetait un œil dans une maison dont la porte était entrouverte quand les aboiements des rottweilers le firent se retourner. Il reconnut aussitôt Léa et comprit instantanément le danger que l'on courait. Il traversa la ruelle comme un fou, se jeta sur nous et nous projeta dans la maison d'en face.

Voilà : vous en savez autant que Léa et moi !

Il ne nous reste plus maintenant qu'à récupérer Dame Berthe et à quitter le plus rapidement possible le plateau de la Ramsès Academy.

Léa qui vient d'expliquer à son père où et dans quel état se trouve l'ex-professeur d'allemand, parait soudain soucieuse :

« Jérémy, Papa, on ne saura jamais comment on a atterri au beau milieu de ce jeu télévisé. Tu nous dis qu'on est derrière le temple de Karnak : c'est à des kilomètres de la Vallée des Rois !

– Tu as raison, ma fille, répond Abou Rico dans un grand sourire, on ne saura jamais. Mais est-ce bien grave ?

– Ben… un peu…

– Léa, l'essentiel c'est de savoir où on va. Et ça, on le sait : à Sarlat ! »

Je n'imaginais pas en disant ces mots que le voyage serait encore aussi mouvementé !

Chapitre 9

BALIVERNES !

Nous quittons la petite maison en jetant un dernier coup d'œil sur les trois crocodiles repus dont un mâchouille encore un collier en cuir et, en file indienne, tels des Sioux sur le sentier de la guerre, nous mettons le cap sur la salle de momification.

Dame Berthe n'a pas bougé d'un pouce.

« C'est bon, elle respire toujours ! s'exclame Léa, penchée sur la momie géante. Elle a avalé les somnifères il y a trois heures. À mon avis, elle ne se réveillera pas avant cinq ou six heures !

– Profitons-en pour dormir un petit peu, propose le père de Léa. Le camion de livraison de nourriture ne repasse que demain, en fin de matinée. On aura le temps de la démomifier au petit jour. »

Ivres de fatigue et rassurés sur notre sort, nous nous endormons à même le sol.

« Au secours ! Détachez-moi ! Au secours ! Je veux faire pipi ! À l'aide ! Mais qui m'a enrubannée de la sorte ? Au secours ! Il faut que je fasse pipi ! Ça presse ! »

Je suis le premier à entendre les cris. Je secoue doucement Léa et lui demande :

« Ça fait pipi comment, une momie ?

– Une momie, ça ne fait pas pipi ! râle Léa en se tournant de l'autre côté.

– SORTEZ-MOI DE LÀ ! J'AI TROP ENVIE ! J'EN PEUX PLUS…

– Mince ! s'exclame Léa tout à fait réveillée. On n'avait pas prévu ça ! Papa, debout ! Dame Berthe a une envie pressante ! Faut la démomifier ! »

Plus facile à dire qu'à faire. La résine s'est solidifiée et c'est une carapace très compacte qui emprisonne Dame Berthe.

« C'est bien ce que je pensais ! dit le père de Léa. Ils font vraiment n'importe quoi dans cette émission. À part la reconstitution des monuments et encore j'aimerais voir ça de plus près… Mais où ont-ils trouvé cette résine ? Je ne vois qu'une solution : faisons la rouler sur la table et espérons qu'en tombant sur le sol sa gangue se brise. Allez les enfants, venez m'aider. »

Il nous faut cinq bonnes minutes d'efforts aussi intenses que désordonnés pour amener la momie hurleuse au bord de la table. Une dernière poussée et elle bascule.

Un choc effroyable. Un bruit épouvantable. La carapace qui éclate en mille morceaux et une Dame Berthe ahurie qui émerge d'un nuage de

poussière et se précipite titubante et haletante, hors de la salle de momification pour aller soulager sa vessie.

La suite : pire encore !

A-t-elle, à l'instar de Jaime, sombré dans la folie ou est-elle mal tombée sur le crâne ? À moins, autre possibilité, qu'elle fasse une allergie aux somnifères. En tout cas, impossible de ramener Dame Berthe à la raison.

Vraie ou fausse Thèbes, vrai ou faux Ramsès, elle s'en fiche ! Celui qu'elle a vu dans le harem, celui qui ressemble tant à Jaime, il faut qu'elle le ramène à Sarlat. Elle n'en démord pas. Elle ne partira pas sans lui !

Pour l'instant, elle ne risque pas de s'enfuir. On lui a, à son insu, fait avaler trois autres somnifères. C'était le seul moyen de la calmer !

« Si seulement on avait trouvé cette pierre, je marmonne entre mes dents.

– Qu'est-ce que tu dis ? » me demande Monsieur Rico.

Léa explique alors à son père le but du voyage de Dame Berthe en Égypte, ce qui le met hors de lui :

« Balivernes hurle-t-il. Ce sont des balivernes ! Cette pierre n'a jamais existé. C'est une légende. Non, pas une légende ! Une contrevérité ! De celles qui font si mal à l'égyptologie. Une invention des mêmes olibrius qui affublent Cléopâtre d'un grand nez ou qui colportent la soi-disant malédiction du tombeau de Toutânkhamon !

– Papa, calme-toi. Je leur ai déjà dit que cette pierre n'existait pas.

– Et je vous crois, monsieur. Je disais ça parce que je ne sais plus quoi faire.

– Si on enlevait le faux Ramsès II ! propose Léa.

– J'ai bien peur que cela ne serve à rien.

– Pourquoi Jérémy ?

– Encore faudrait-il qu'il tombe amoureux de Dame Berthe. Or, elle n'a vraiment rien de Néfertari !

– Néfertari ! Eurêka ! s'exclame monsieur Rico. On est sauvés ! Approchez-vous les enfants : voilà mon plan… »

Chapitre 10

LA FINALE

« Mesdames, mesdemoiselles, messieurs, bienvenue en direct sur le plateau de la Ramsès Academy pour la finale de cette première et extraordinaire aventure dans l'Égypte des pharaons. Vous avez été des millions à suivre, pendant trois mois, la vie passionnante dans la Thèbes de Ramsès II.
C'est vous qui avez, par vos votes, désigné les premiers gagnants de la Ramsès Academy. Et ces gagnants vont nous rejoindre immédiatement sur ce plateau. Ils étaient encore, il y a quelques minutes, qui au temple de Louxor, qui à celui de Karnak, qui en train de donner ses dernières instructions aux ministres, qui à prier Amon…
Mesdames, mesdemoiselles, messieurs, si vous voulez bien vous lever pour applaudir comme ils le méritent les premiers lauréats de la Ramsès Academy ! Musique maestro ! »

« Hori ! On a un problème ! Continue à sourire pendant la musique. Mais on a un méga problème pour la finale de tout à l'heure. »

« Mesdames, mesdemoiselles, messieurs faites un triomphe à :
– Jamel Toid'tesafers, dans le rôle du grand vizir Paser ;
– Ali Avoibasse, le grand prêtre d'Amon ;
– Moussa Razé, l'espion Pabésef ;
– Abou Deforse, l'esclave Sakabaf ;
– Fayçal Lécive, l'intendant des finances Amèntonfric ;
– Sara Tatouille et Safou Léboul, les nobles Athor et Atraver ;
– Lamine Défeth, le soldat Amonperkéchef.
Venez tous avec moi chers amis et asseyons-nous autour de l'autel où nous rejoindront en fin d'émission les deux grands gagnants de la première Ramsès Academy, à savoir : Néfertari et Ramsès II ! À tout de suite, public bien-aimé, après un clin d'œil à nos sponsors. »

« Hori ! Écoute-moi, sans m'interrompre ! La page de pub ne dure que quarante-cinq secondes. La secte des « Fopacemoké » a enlevé Alexandra et Alexandrie, les deux Néfertari ! Ils ont également neutralisé tous les agents et les chiens du service de sécurité. Ils menacent d'envahir le plateau et d'arrêter l'émission.

Mais écoute-moi bien Hori ; on peut encore sauver le coup à une condition : je ne comprends pas pourquoi, mais ils veulent… Attention ! Antenne dans cinq secondes ! »

« C'est donc le grand soir de la Ramsès Academy ! Un soir aussi important que pouvaient l'être les soirs de la fête d'Opet quand les statues d'Amon, de Mout et de Khonsou quittaient Karnak accompagnées d'une statue du ka du roi pour se rendre à Louxor ; quand Amon venait s'unir à Amonet-Opet et que le fonctionnement du monde s'en trouvait amélioré. Oui, ce soir est un grand soir dans l'histoire de la télévision et de l'Égypte !

Qui va être pour un an Ramsès II et qui va être sa Néfertari ? Ce sont vos votes qui vont en décider !

Je vous rappelle que Ramsès II et Néfertari passeront les neuf mois qui nous séparent de la deuxième Ramsès Academy, dans les plus luxueux palaces du monde en tant qu'ambassadeurs de notre jeu et de notre pays. Sans oublier qu'ils toucheront ensuite une rente à vie !

Un coup d'œil sur les numéros à composer pour départager Alexandra et Alexandrie, nos deux royales et magnifiques Néfertari et on entrera en liaison avec elles. »

« Hori ! Ne demande pas pourquoi, mais commence par la finale des Ramsès. Débrouille-toi comme tu peux, mais les « Fopacemoké » exigent que Ramsès II soit désigné en premier. Attention, antenne ! »

« Excusez-nous chers téléspectateurs et chers spectateurs présents sur le plateau, mais un petit problème technique nous oblige à inverser l'ordre des finales. En effet, il nous est pour l'instant impossible d'entrer en liaison vidéo avec la salle où se trouvent nos deux prétendantes au titre de Néfertari !
Mais ce n'est pas grave. Mon oreillette magique me dit que nos deux Ramsès sont prêts à défendre leurs chances. Vont s'afficher sur votre écran les deux numéros à composer, suivant que vous voulez faire de Séthi Demafoth ou de Omar Melahd, le Ramsès II de la première Ramsès Academy !
On se retrouve après notre seconde plage de pub. »

« Hori, essuie les gouttes de sueur sur ton front et souris ! Tout va bien. Lance le reportage sur la semaine à Thébes, sur ce qu'ont fait les deux candidats ; enchaine avec les interviews qu'ils ont données ce matin pour convaincre leurs derniers supporters.

Et surtout, pendant ce temps-là, tu ne quittes pas le plateau. Sinon, les Fopacemoké interrompraient immédiatement la retransmission de l'émission. Ils ont pris le contrôle de toute la régie. S'il te plait, fais à la lettre ce que je te dis, sinon c'est la cata ! Pense à l'audimat, à nos sponsors… Attention, antenne ! »

« De retour sur le plateau de la Ramsès Academy, c'est à vous chères téléspectatrices, chers téléspectateurs de trancher. Vous allez avoir jusqu'à la fin des deux reportages qui vont suivre pour voter. Vos votes de ce soir s'additionneront à tous ceux de la semaine. Et sans rien vous dévoiler, sachez que très peu de voix séparent pour l'instant les deux prétendants au trône de Ramsès II !
Mais assez parlé ! Place aux images et à la vie dans la Thèbes ancienne. C'était toute cette semaine ! À vous Omar et Séthi et, soyez pharaoniques ! »

« Papa, qu'est-ce qu'on fait s'il vient en régie ?
– T'en fais pas Léa, il est mort de peur et il tient trop à sa place d'animateur de téléréalité. Il ne va pas bouger du plateau. Regarde, il s'est assis au milieu des spectateurs du premier rang. Mais chérie, tu es sure que personne ne va se réveiller, ici ?
– Aucun risque. Deux somnifères dans chaque café et tout le monde a bu un café. On est tranquilles pour un bout de temps ! Dis-moi Papa, je ne savais pas que tu étais capable de tenir les manettes d'une émission de télé !

– C'est une nouvelle passion. National Géographic m'a demandé, cette année, de leur concocter quelques documentaires. J'ai accepté, à condition de tout réaliser moi-même. J'ai passé quelques semaines avec leurs caméramans, techniciens et réalisateurs et ma foi je ne me débrouille pas trop mal ! En tout cas, j'espère que toi, Jérémy, tu as pu calmer Dame Berthe et lui expliquer ce qu'elle va devoir faire tout à l'heure.

– Pas de problème, monsieur. D'ailleurs, je retourne avec elle, dans la loge 13.

– Silence les enfants ! Il faut que je remette la pression sur Hori. Pauvres animateurs, ils sont tellement accros à leurs oreillettes qu'on peut leur faire avaler tout ce qu'on veut ! »

« *Hori, tout va bien ! Les "Fopacemoké" sont très contents de toi. À la fin des interviews, tu lances la pub. Dix bonnes minutes. Ensuite, tu annonces le gagnant. Au fait, c'est Omar ! On n'a pas le choix : ce sont les "Fopacemoké" qui ont décidé. Tu le fais venir sur le plateau et tu informes public et téléspectateurs qu'il nous est toujours impossible d'établir la liaison avec nos deux Néfertari, et que comme le prévoit le règlement de la Ramsès Academy, c'est la Néfertari "de secours", choisie au début du jeu par la production – je sais Hori, c'est bidon, mais on n'a vraiment pas le choix – qui accompagnera Ramsès/Omar jusqu'au début de la deuxième saison.*

Surtout, ne dévie pas d'un poil, sinon on est tous morts ! Ils sont armés jusqu'aux dents ! »

Dans la loge 13, Dame Berthe équipée de son TCQJE finit de se maquiller. Elle serait presque mince, drapée dans une grande robe blanche, la tête ornée de deux plumes de paon.

Je viens de lui répéter pour la troisième fois tout ce qu'elle devra faire d'ici quelques minutes, quand je vais la propulser sur le plateau de la Ramsès Academy. Je crois qu'elle a enfin tout compris et enregistré.

Il faut dire qu'elle a eu bien du mal à se réveiller et que les doses massives de somnifères que lui a administrées Léa doivent encore paralyser bon nombre de ses neurones. Mais c'est une femme robuste et il suffit que, de temps en temps, apparaisse à l'écran la photo de Ramsès/Omar pour la revigorer.

« Ça y est, m'dame ! Ramsès II vient d'entrer sur le plateau. Regardez-moi ça : il est rayonnant ! C'est à vous dans deux minutes. Vous êtes prête ?

– Oui, Jérémy. Je fais tout comme tu m'as dit et on se retrouve demain à notre hôtel. Vite ! Mène-moi jusqu'au plateau. Qu'il me tarde d'être sa Néfertari ! Ah ! te prendre dans mes bras Ramsès, je n'ai de cesse ! »

« Mesdames, mesdemoiselles et messieurs, Pharaon, on me dit que celle qui sera votre Néfertari est derrière le rideau ! Un signe de vous, Majesté, et le rideau va s'ouvrir. »

« Allez m'dame, c'est à vous ! Et n'oubliez pas : avec ou sans Ramsès II, mais demain 17 heures au plus tard à l'hôtel ! »

Chapitre 11

VENEZ LA CHERCHER !

Enfin une vraie nuit de sommeil !

On a quitté le plateau de la Ramsès Academy juste après que Dame Berthe, proclamée Néfertari, est partie avec son Omar/Ramsès II sous le bras. Il faut dire qu'il n'est pas très épais et qu'elle l'a légèrement étouffé en le soulevant pour l'embrasser.

Certes, le public a été un peu surpris par le look et l'attitude de la Néfertari « de secours », mais c'est dans une franche rigolade que s'est terminée la première édition de la Ramsès Academy !

Nous, on a pris quelques clés de voitures dans les poches des techniciens endormis et on s'est carapatés jusqu'au parking. Après quelques essais infructueux, le moteur d'une vieille 4L a toussoté, et on a regagné peu après minuit l'hôtel de Léa. On s'est effondrés sur les lits superposés et endormis comme des masses.

Monsieur Rico nous a réveillés vers dix heures du matin :

« Allez les enfants, debout. Il faut qu'on aille récupérer les affaires de Jérémy et de Berthe à leur hôtel et qu'on fasse nos valises. Dès que Dame Berthe nous aura rejoints, on filera à l'alliance française. Je viens de les prévenir. Un avion de la mission culturelle nous ramènera au Caire. Une fois là-bas, on verra si on peut avoir un avion pour la France, sinon on ira jusqu'à Alexandrie où mouille mon voilier. Tiens Léa, appelle ta mère pour la rassurer. »

Il est maintenant quatorze heures et après un bon repas, chacun se repose dans un hamac au milieu de la courette ombragée de l'hôtel. Dame Berthe ne devrait plus tarder. Mais aura-t-elle convaincu son Ramsès de la suivre ?

« Monsieur Rico ! Téléphone ! »

On se précipite tous les trois dans le hall d'accueil puis vers la cabine que nous montre le concierge.

Le père de Léa décroche le combiné et instantanément son visage jovial se crispe.

« Papa, appuie sur le "mains libres", qu'on entende tous, dit Léa qui a compris que quelque chose cloche surtout quand son père grommelle :

– Eh ! pas à nous ! Vous n'allez pas nous faire le coup des "Fopacemoké" !

« Juré, m'sieur Rico ! Je suis le chef des "Fopacemoké" et nous détenons les deux gagnants de la Ramsès Academy… »

– Prouvez-le-moi !

« Néfertari est aussi insupportable qu'énorme ! »

– Pas de doute ! Il parle bien de Dame Berthe, dit monsieur Rico en se retournant vers Léa et moi, la main posée sur le combiné. Qu'est-ce qu'on fait ?

– Demandez-leur ce qu'ils veulent.

– Tu as raison Jérémy. Allô ! Que voulez-vous ? Une rançon ! On n'a pas une livre égyptienne en poche !

« Non m'sieur Rico. On veut seulement que vous veniez récupérer votre Néfertari ? Berthe Alagrosse qu'elle s'appelle ! »

– Eh bien, relâchez-là !

« Mais c'est déjà fait m'sieur Rico ! »

– Alors, où est le problème ?

« Le problème, c'est qu'elle ne veut pas partir ! Et nous, on n'en peut plus ! On ne peut plus la supporter ! Faut que vous veniez la chercher ! »

– Mais pourquoi elle ne part pas ?

« Parce qu'on garde Ramsès II en otage ! C'est notre seul moyen pour qu'il n'y ait pas une seconde Ramsès Academy. Et si on ne le libère pas, elle reste ! »

À ce moment de la conversation, je comprends enfin ce qui m'intrigue depuis que monsieur Rico a mis le "mains libres".

« Léa, je connais cette voix. Je ne sais pas encore qui c'est, mais je l'ai déjà entendue.

– Tu connais cette voix ! La voix d'un Égyptien qui parle français…

– Mais c'est bien sûr ! m'sieur Rico, passez-moi le téléphone. Allô ! Haboudener, vous êtes fait ! Je sais que c'est vous à l'autre bout du téléphone !

«…»

– J'ai reconnu votre voix, Haboudener ! J'appelle les autorités égyptiennes. Ça va chauffer pour votre secte ! Compris ?

«…»

– Allô ! Haboudener ! Si vous ne relâchez pas immédiatement Omar et Dame Berthe, je vous donne à la police ! Réfléchissez, vous avez trois secondes !

« D'accord ! D'accord ! m'sieur Jérémy ! C'est moi Haboudener. Je suis le chef de la secte des « Fopacemoké ». Mais dans la secte, on n'est que deux ! »

– Je parie que le second s'appelle Hatoultanthor !

« Oui, m'sieur Jérémy ! Mais on n'est pas des terroristes. Juste qu'on ne supporte pas cette émission racoleuse de la Ramsès Academy ! Elle est farcie de contrevérités historiques et tous les figurants font passer nos glorieux ancêtres pour des débiles mentaux ! »

– Dites-moi Haboudener, demande Léa qui m'a pris le combiné des mains, ce ne serait pas vous qui nous avez débarqués au milieu de cette émission que vous aimez tant ?

« Exact, mam'zelle Léa ! Mais on vous a aussi sauvés ! On vous attendait avec mon cousin, devant le tombeau de Ramsès II, quand on a entendu un bruit épouvantable. On a vite compris qu'il vous était arrivé un malheur. On est entrés dans le tombeau, ce qui est interdit et on vous a retrouvés tous les trois, inanimés sous des tas de gravats. On vous a sortis un par un du tombeau, et crois-moi mam'zelle Léa, pour Dame Berthe ç'a pas été du gâteau ! Une fois dans le taxi, on a eu l'idée de vous transporter dans la fausse Thèbes. On a deux ou trois sympathisants dans le service de sécurité et il n'a pas été trop difficile de vous déposer de nuit, vous deux aux abords du temple en carton-pâte de Louxor et Dame Berthe dans le harem royal. »

– Mais quelle était votre intention ?

« J'étais sûr qu'à son réveil Dame Berthe mettrait une telle panique sur le plateau, que les organisateurs seraient obligés d'interrompre l'émission… »

– Mais voilà, Dame Berthe est tombée amoureuse du Ramsès d'opérette !

« Oui, mam'zelle Léa. Et nous, on n'en peut plus ! Elle est folle, vraiment folle ! Soyez gentils, venez la chercher ! »

– Dites-nous où vous êtes, dit le père de Léa et on arrive. Mais je vous préviens, si vous voulez qu'on vous débarrasse de Dame Berthe, va falloir que vous relâchiez Omar…

« Ça, on verra ! Nous sommes à la gare routière de Louxor. Quand vous y serez, vous ne pourrez pas nous rater ! Mais vous avez intérêt à venir sans la police ! »

– Aucun risque, mon cher Haboudener ! Vous m'êtes trop sympathique !

« OK, on vous attend ! Faites vite ! »

– Jérémy, va démarrer la 4L. Léa, dis au gardien de mettre nos bagages à la consigne. Il faut que je regarde sur une carte où se trouve la gare routière ; je n'y suis jamais allé !

– Et moi, j'ai l'impression que Haboudener ne nous a pas tout dit ! » dis-je, en sortant de la cabine téléphonique.

Chapitre 12

J'EN PEUX PLUS !

La gare routière de Louxor est immense. Les bus de lignes, qui sillonnent le pays d'Assouan à Alexandrie, y côtoient les bus plus bigarrés des sociétés privées qui récupèrent à l'aéroport les centaines de milliers de touristes étrangers et les distribuent dans les hôtels de la ville.

Mais Haboudener avait raison : on ne pouvait pas les rater ! Car le bus de la Ramsès Academy, même au milieu de cette fourmilière des temps modernes, ne passe pas inaperçu. Pas un seul centimètre carré de sa carrosserie, de ses roues, de ses vitres et même de son pare-brise qui ne soit barbouillé de temples, obélisques, statues et autres vestiges de l'Égypte ancienne ! Seule une petite fenêtre a échappé à la folie des décorateurs, pour permettre au chauffeur de voir la route. Et c'est dans ce bus que Haboudener et son cousin Hatoultanthor détiennent – façon de parler – leurs trois otages.

Vous avez bien lu ; leurs trois otages ! Car ce que je pressentais tout à l'heure s'avère exact : Haboudener a « oublié » de nous dire qu'ils ont également enlevé Hori Pylan, l'animateur-vedette de la Ramsès Academy !

Je m'explique. Enfin, je vous communique les explications que nous a servies Haboudener, devant le bus.

Voyant que notre irruption dans la Ramsès Academy n'avait pas interrompu l'émission, Haboudener a déclenché le plan B. À savoir, enlever les deux gagnants !

Un plan facilité par le fait que le chauffeur et l'accompagnateur du bus qui devaient amener Ramsès II et Néfertari du plateau télé à leur palace, étaient de ses cousins

Pendant la finale que nous pilotions depuis la régie, Haboudener faisait croire à ses cousins que leur mère était mourante. Et il se proposait, avec Hatoultanthor, de les remplacer pour qu'ils puissent aller à son chevet.

Dame Berthe, avec Omar/Ramsès II sous son bras, prit place dans le bus, suivie de Hori Pylan. Lui seul connaissait le nom du palace qui devait accueillir pour une semaine les deux lauréats de la Ramsès Academy. Commença alors la prise d'otages la plus improbable et la plus loufoque qu'ait vécue l'Égypte, voire le Monde !

Primo, elle venait d'avoir lieu sans effusion de sang, sans violence et sans menace.

Deuzio, les otages étaient plus que prévu.

Tertio, les preneurs d'otages faillirent s'évanouir quand ils découvrirent qui était Néfertari !

Mais ce n'est pas tout ! Le meilleur ou plutôt le pire pour les ravisseurs était à venir : aucun des otages ne voulait être échangé contre quoi que ce soit ni même partir de son plein gré !

Dame Berthe parce qu'elle ne voulait plus quitter son Omar.

Omar parce qu'il était terrifié à l'idée de se retrouver hors du bus en tête à tête avec son imposante Néfertari.

Et Hori Pylan parce qu'il ne voulait plus entendre parler ni d'oreillettes ni de téléréalité et encore moins d'Égypte.

Voilà comment cette prise d'otages avait tourné au cauchemar pour les ravisseurs !

« m'sieur Rico ! Je n'en peux plus, conclut Haboudener au bord des larmes, le corps balayé de tremblements ahurissants. Je vous rends les clés du bus, le bus, les otages, mon cousin et même un petit peu d'argent si vous en avez besoin. Mais à une condition : vous me débarrassez de cette bande de fous ! Vous pouvez même me dénoncer…

– Voyons Haboudener ! s'écrie Abou Rico, vous n'allez quand même pas laisser faire une seconde Ramsès Academy !

– Ah bon ! Vous n'aimez pas cette émission, vous non plus ?

– Non ! Et j'ai ma petite idée pour vous sortir de là et nous avec. Montons dans le bus. »

À l'intérieur du bus pourtant climatisé, tout le monde est en surchauffe.

Dame Berthe pleurniche, geint, sanglote, vitupère, supplie à genoux, face à son Omar qui, terrorisé, s'est perché sur un siège au fond du car.

Hori Pylan est recroquevillé en boule sur le siège du conducteur et tout en se balançant façon Culbuto, il répète inlassablement : « J'en peux plus des mesdames, mesdemoiselles, messieurs… j'en peux plus des oreillettes… j'en peux plus des on se retrouve après la pub… j'en peux plus des pour voter composer le… j'en peux plus… »

Quant à Hatoultanthor, il parcourt comme un fou l'allée centrale du bus en s'arrachant les cheveux et en lacérant les protections des sièges.

« C'est pas gagné ! s'exclame le père de Léa. Va d'abord falloir les calmer.

– Tenez, prenez ce flacon et faites avaler une goutte de la potion qu'il contient à chacun » dit Omar dans un français quasi impeccable.

L'effet est immédiat : tous se calment et s'assoient, l'air légèrement ahuri mais ayant apparemment chassé leurs démons.

« Génial ! dit Léa en rebouchant le flacon.

– Qu'est-ce que c'est que cette mixture ? je demande à Omar.

– Une recette de ma grand-mère ! Elle la tient de sa grand-mère qui l'avait apprise de son arrière-grand-mère. Une recette vieille comme le monde et qui daterait de Ramsès II. Un mélange de jus de pierres bouillies avec des écorces de cactus broyées. Très efficace pour lutter contre le surmenage et les crises de démence légère. C'est en partie grâce à cette mixture que j'ai gagné la Ramsès Academy !

– Léa, garde le flacon ! C'est peut-être la potion qu'il nous faut pour ramener Jaime à la raison. »

« Bien ! dit monsieur Rico, maintenant que tout le monde est tranquille, voilà ce que je vous propose. On va s'introduire dans un bus plus discret que celui-ci. Haboudener et son cousin vont nous conduire jusqu'à Alexandrie, et là nous embarquerons sur mon petit voilier et lèverons l'ancre pour Marseille. Avec un peu de chance, les autorités portuaires ne s'apercevront pas de notre départ et si au pire, elles nous interceptent, on leur dira qu'on va faire une petite promenade côtière.

– Je veux bien, dit Haboudener. Mais en quoi cela va empêcher une seconde Ramsès Academy ?

– Réfléchissez bien ! Si disparaissent en même temps, Ramsès II, Néfertari et Hori, c'est la débâcle pour les producteurs ! Ils ont surement signé des contrats avec des journaux people pour couvrir les amours de Ramsès II et Néfertari. Ils ont forcément prévu d'autres émissions télés…

– Oui, confirme Hori Pylan. La première doit avoir lieu après-demain soir, depuis le palace réservé pour les deux tourtereaux. Normalement, on y arrive demain soir et je dois alors contacter la production.

– Parfait ! dit monsieur Rico. On a encore vingt-quatre heures devant nous ! Ça nous laisse le temps de rejoindre Alexandrie. Omar, Haboudener nous a dit que vous ne supportiez pas votre Néfertari. Peut-être souhaitez-vous rester ici ?

– Non.. C'est que j'avais peur qu'elle m'étouffe de nouveau en m'embrassant. Mais si elle reste comme ça, je la préfère mille fois aux deux autres qui m'étaient promises. De plus, j'en ai assez de ces trois mois de débilités ! Je viens avec vous.

– Alors, en route, chauffeur ! On passe récupérer nos affaires à l'hôtel et direction Alexandrie ! »

Epilogue

Un mois déjà que nous avons regagné Sarlat. Juste à temps pour la rentrée scolaire.

Après nous avoir débarqués à Marseille, monsieur Rico a repris la mer, direction l'Égypte et ses trésors. C'est dans la joie qu'il a embrassé sa fille : ces deux-là savent qu'ils se retrouveront l'été prochain autour de leur passion commune !

Hori Pylan est resté à Marseille : l'atmosphère de la cité phocéenne l'a tout de suite séduit.

Quant à moi, j'ai regagné Sarlat avec Léa, Dame Berthe et son Omar qui en pince de moins en moins pour elle.

Alors, elle est retournée auprès de son Jaime et lui administre, chaque jour, quelques gouttes de la potion miracle de la grand-mère d'Omar.

Qui sait ! L'espoir fait vivre et l'amour… aussi !

Cet ouvrage est conforme à la nouvelle orthographe.

ISBN : 978–2–7581–1753–7

Société d'Édition et de Diffusion
pour la Recherche et l'Action Pédagogique.
9 rue des Frères-Boudé • BP 10665 • 31106 TOULOUSE Cedex 1
www.sedrap.fr

Loi n°49-956 du 16 juillet 1949 sur les publications destinées à la jeunesse.
Dépôt légal : 3e trimestre 2013
réf : LTRIRO

Cet ouvrage a été imprimé sur du papier issu des forêts gérées durablement.

Achevé d'imprimer en Pologne par Skleniarz-janvier 2014